GŴYL Y BLAIDD

THE FESTIVAL OF THE WOLF

GŴYL Y BLAIDD

THE FESTIVAL OF THE WOLF

YSGRIFENNU FFOADURIAID YNG NGHYMRU

WRITING REFUGEES IN WALES

GOLYGWYD GAN   *EDITED BY*

TOM CHEESMAN

GRAHAME DAVIES

A   *AND*

SYLVIE HOFFMANN

LLYFRAU HAFAN BOOKS   PARTHIAN
SWANSEA ABERTAWE

2006

© Y Cyfranwyr *The Contributors*

Wynebddarlun *Frontispiece* © Aliou Keita

ISBN 1905762208

Cydgyhoeddwyd gan Lyfrau Hafan a Lyfrau Parthian. Argraffiad cyntaf 2006.

Co-published by Hafan Books and Parthian Books. First impression 2006.

Llyfrau Hafan a Grŵp Cefnogi Ceiswyr Lloches Bae Abertawe: gofal The Retreat, 2 Humphrey Street, Abertawe SA1 6BG a www.hafan.org

Hafan Books and Swansea Bay Asylum Seekers Support Group: c/o The Retreat, 2 Humphrey Street, Swansea SA1 6BG and www.hafan.org

Llyfrau Parthian: Yr Hen Feddygfa, Stryd Napier, Aberteifi SA43 1ED a www.parthianbooks.co.uk

Parthian Books: The Old Surgery, Napier Street, Cardigan SA43 1ED and www.parthianbooks.co.uk

Cyhoeddir y llyfr hwn gyda chefnogaeth ariannol Cyngor Llyfrau Cymru ac Wythnos Ffoaduriaid Cymru.

This book is published with the financial support of the Welsh Books Council and of Refugee Week Wales
Argraffwyd a rhwymwyd gan Wasg Dinefwr, Llandybïe

Printed and bound by Dinefwr Press, Llandybïe, Wales

Cynnwys / Contents

6	Cyflwyniad / Introduction		7
18	Nodiadau ar y Cyfranwyr / Notes on Contributors		19
38	Sul, 11 Mawrth, 2001	Andy Hyka	Sunday, 11 March, 2001	39
40	Alltudiaeth	Humberto Gatica	Exile	41
42	*o* Stad o Argyfwng	Soleïman Adel Guémar	*from* State of Emergency	43
56	Tristwch Rhyfel – Le Chagrin de la guerre	Aimé Kongolo	The Grief of War – Le Chagrin de la guerre	57
60	Y Pwyllgor Testun	Abdallah Bashir-Khairi	The Text Committee	61
68	Milwyr yn Lladd y Bobl Dda	Andy Hyka	Soldiers Killing the Good People	69
70	Mudera	Alhaji Sheku Kamara	Mudera	71
74	Y Crocbren	Hamira A. Geedy	The Gallows-Tree	75
82	Yr Wynebau Angylaidd	William G. Mbwembwe	The Angelic Faces	83

84	*o* Hanes Brenhinoedd Prydain	Sieffre o Fynwy / Geoffrey of Monmouth	*from* The History of the Kings of Britain 85
88	*o* Canu Heledd a Claf Abercuawg	Anhysbys / Anonymous	*from* Heledd's Songs and Afflicted, Abercuawg [2] 89
100	*o* Dyddiaduron Cymru	Josef Herman	*from* Welsh Diaries 101
110	*o* Brut y Tywysogion	Anhysbys / Anonymous	*from* Chronicles of the Princes 111
110	*o* Hanes y Daith drwy Gymru	Gerallt Gymro / Gerald of Wales	*from* The Journey through Wales 111
112	*o* Wild Wales	George Borrow	*from* Wild Wales 113
114	*o* Cân y Ddaear	Alexander Cordell	*from* Song of the Earth 115
122	Ffoadur	Gwyn Thomas	Refugee 123
126	Iddewes	Donald Evans	A Jewess 127
130	Rama	E. Llwyd Williams	Rama 131
134	Hedyn	Kate Bosse-Griffiths	A Seed 135
136	Au Revoir	Eric Ngalle Charles	Au Revoir 137
142	Aderyn heb Goeden	Aliou Keita	Bird without Tree 143

144 Gwenoliaid	Menna Elfyn	Swallows (3) 145
146 Brathu'r Llwch	Mahmood Ahmadifard	Bite the Dust 147
148 *o* Glytwaith Abertawe (4)	*casglwyd gan / composed by* Sylvie Hoffmann	*from* Swansea Collage 149
162 Cwm Llandeilo Ferwallt	Gabriel Lenge Vingu	Bishopston Valley 163
168 Fy Iaith Gyntaf	Eric Ngalle Charles	My First Language 169
176 Rough Guide	Grahame Davies	Rough Guide 177
178 Gwallgofrwydd Iaith (4)	Anahita Alikhani	The Madness of Language 179
182 Yma, Rwy'n Teimlo 'mod i'n Neb	Maxson Sahr Kpakio	I Feel Like Nobody Here 183
186 Rwy'n Gwarantu	William G. Mbwembwe	I Guarantee 187
188 O Ddim Byd i Fodolaeth	Michael Mokako	From Nothing to Something 189
190 Deffroad Cariad (4)	Aimé Kongolo	Love's Awakening 191
194 Mynydd a Môr	Eric Ngalle Charles	A Mountain and a Sea 195
201 Hysbysebion		Advertisements 201

3

Gwnaed yr holl gyfieithiadau llenyddol o'r Saesneg i'r Gymraeg neu o'r Gymraeg i'r Saesneg gan Grahame Davies, a'u golygu gan Heini Gruffudd, heblaw: (1) gan June Williams Griffiths a Maria Williams; (2) gan Jenny Rowland (addaswyd gan Tom Cheesman); (3) gan Menna Elfyn; a (4) gan June Williams Griffiths, Maria Williams a Grahame Davies. Am y cyfieithwyr eraill (i'r Saesneg), gweler y Nodiadau ar y Cyfranwyr. Heini Gruffudd a gyfieithodd y deunydd blaen, y Cyflwyniad, a'r Nodiadau ar y Cyfranwyr.

All literary translations from English into Welsh or from Welsh into English are by Grahame Davies, edited by Heini Gruffudd, except: (1) translated by June Williams Griffiths and Maria Williams; (2) translated by Jenny Rowland (adapted by Tom Cheesman); (3) and "Exile" by Soleïman Adel Guémar translated by Menna Elfyn; and (4) translated by June Williams Griffiths, Maria Williams and Grahame Davies. For other translators (into English), see the Notes on Contributors. Heini Gruffudd translated the front and back matter, Introduction and Notes on Contributors into Welsh.

Er cof am Ben Lockwood (1971 – 2005),
seren STAR Abertawe
*In memory of Ben Lockwood (1971 – 2005),
star of STAR Swansea*

Cyflwyniad

Mae'r llyfr hwn yn cynnwys rhai o'r cerddi a'r storïau gorau o dri chasgliad blaenorol a gyhoeddwyd gan Lyfrau Hafan, a thestunau am ffoaduriaid yng Nghymru ar hyd y canrifoedd.

Cafwyd y syniad am brosiect Llyfrau Hafan ar ddydd Gŵyl Ddewi, 2003, gan y bardd amlieithog Eric Ngalle Charles, ffoadur o Cameroon, sy'n awr yn byw yng Nghaerdydd. Mae'r llyfrau'n galluogi ffoaduriaid neu geiswyr lloches i roi mynegiant i'w profiadau a'u teimladau ac i ddangos eu doniau; maent hefyd yn rhoi cyfle i ysgrifenwyr lleol eraill gael llais, ochr yn ochr â ffoaduriaid ac mewn cydsafiad â hwy; maent yn caniatáu i ddarllenwyr ddod i adnabod yr unigolion y tu ôl i'r delweddau annelwig ac ofnus o geiswyr lloches a geir yn y cyfryngau; ac yn olaf, maent yn codi arian i GCCLLBA, grŵp cefnogi Abertawe, a Chyngor Ffoaduriaid Cymru (gweler y tudalennau cefn).

Daw'r rhan fwyaf o'r cyfraniadau gan bobl y mae Eric, Sylvie a Tom wedi dod i'w hadnabod trwy waith gwirfoddol. Mae'r mwyafrif yn byw yn Abertawe. Mae rhai eisoes yn ysgrifenwyr profiadol (mewn sawl achos, eu hysgrifennu a barodd fod rhaid iddynt ffoi o'u gwledydd); newyddian yw eraill. Nid yw amrywiaeth gwledydd eu tarddiad, eu hoed na'u rhyw yn gynrychioliadol, ond yn ganlyniad cyfarfod ar hap.

Fel ein llyfrau diwethaf, cafodd hwn ei drefnu fel naratif. Mae'n dechrau gyda thestunau'n darlunio rhesymau rhai dros ffoi o'u gwlad, yna mae'n pori yn hanes Cymru, o ddyfodiad y Fflemiaid yn 1108, yna ymlaen i Newyn Iwerddon, i'r Holocost, cyn gorffen gyda thestunau sy'n adlewyrchu profiadau diweddar ffoaduriaid yn gadael cartref, yn

Introduction

This book includes some of the best poems and stories from three previous anthologies published by Hafan Books, plus texts about refugees in Wales over the centuries.

The Hafan Books project was dreamed up on St David's Day, 2003, by a refugee from Cameroon, now living in Cardiff – multilingual poet Eric Ngalle Charles. The books enable refugees or asylum seekers to make their experiences and feelings known and display their skills; they also give other local writers a chance to express themselves, side by side and in solidarity with refugees; they allow readers to discover the individuals behind the blurry, scary media images of asylum seekers; and finally, they make money for the Swansea support group, SBASSG, and for the Welsh Refugee Council (see back pages).

Most of the contributions come from people Eric, Sylvie and Tom have got to know through voluntary work. The majority live in Swansea. Some are already experienced writers (in several cases, their writing led to them having to flee their countries); others are novices. The spread of countries of origin, ages and genders is not representative, but the result of chance encounters.

Like our previous books, this is arranged as a narrative. It begins with texts depicting reasons for fleeing one's country, then delves into Welsh history, from the Flemish influx of 1108, through the Irish Famine, to the Holocaust, before concluding with texts which reflect the recent experiences of refugees in leaving home, coming to Wales and building a new life here.

dod i Gymru ac yn adeiladu bywyd newydd yma.

Nid yw mewnfudo'n beth newydd yn y wlad hon. Daw rhai i chwilio am waith. Mae eraill yn ffoi rhag rhyfel ac erledigaeth. Heddiw mae'r rhan fwyaf o'r ffoaduriaid sy'n dod i Gymru wedi eu hanfon yma ar hap gan y Swyddfa Gartref. Mae rhai miloedd o geiswyr lloches wedi eu "gwasgaru" i Gymru yn ystod yr ychydig flynyddoedd diwethaf. Maent yn hanu o fwy na 60 o wledydd. Mae mwy o wragedd a phlant nag o ddynion. Cafodd nifer cynyddol o'u ceisiadau am loches eu derbyn, gan roi iddynt 'statws', a dewisodd llawer ymsefydlu yma.

Ar y cyfan, gall pobl Cymru fod yn falch o'r croeso a roesant i'r newydd-ddyfodiaid hyn. Eto fe gafwyd problemau. Mae rhai digwyddiadau o drais hiliol wedi cipio'r penawdau. Mae rhai ysgolion, meddygon ac ysbytai'n cwyno bod yr adnoddau ychwanegol angenrheidiol yn eu cyrraedd yn rhy araf. Ond y ceiswyr lloches sy'n dwyn y beichiau mwyaf anodd, ac yn aml mae'n rhaid iddynt aros am flynyddoedd am benderfyniad gan y Swyddfa Gartref, gan fyw'n ynysig ac mewn diflastod sy'n difa'r enaid. Os yw'r llyfr hwn yn annog pobl leol i gymryd diddordeb, bydd wedi gwneud ei waith.

Roedd hen gyfraith y Cymry, ddeg canrif yn ôl, yn oleuedig iawn, ac yn arloesol mewn sawl ffordd, ond roedd yn ddi-flewyn-ar-dafod am statws "dieithriaid" neu "estroniaid" (ac mae hyn yn cynnwys y Saeson):

Ac os dônt o'r ynys hon, nid oes hawl ganddynt i aros mewn unrhyw fan yr ochr hon i Glawdd Offa [yr hen ffin rhwng Cymru a Lloegr]. Ac os dônt o fannau tramor, nid oes hawl ganddynt i aros yma, ond tan y gwynt cyntaf a all fynd â hwy'n ôl i'w gwlad eu hunain. (Cyfraith Hywel Dda)

Dywedodd eraill y gallai'r estroniaid aros i hwylio, "yn ôl i'r lle

Immigration is nothing new on these shores, whether it's people coming to look for work, or people fleeing war and persecution. Nowadays most refugees coming to Wales have been sent here at random by the Home Office. A couple of thousand asylum seekers have been "dispersed" to Wales over the past few years. They come from over 60 countries. There are more women and children than men. Growing numbers have had positive decisions on their asylum applications, got "status", and many have chosen to settle here.

By and large, the people of Wales can be proud of the welcome they have given these newcomers. Not that there aren't problems. Some violent racist incidents have made headlines. Some schools, doctors and hospitals complain that the necessary extra resources are slow in coming. But the hardest burden is borne by asylum seekers, often kept waiting years for a Home Office decision, living in isolation and soul-destroying boredom. If this book encourages local people to take an interest, it will have done its job.

The ancient law of Wales, ten centuries ago, was very enlightened and ahead of its time in many ways, but it was brutally clear about the status of "aliens" or "foreigners" (this includes the English):

> And if they come from this island, they are not entitled to stay in any place on this side of Offa's Dyke [the ancient boundary between Wales and England]. And if they come from overseas, they are not entitled to stay here, save until the first wind by which they can go to their own country.

(Dafydd Jenkins, *The Law of Hywel Dda*, 1986, p.116)

Others said that the aliens could wait to set sail, "back where they come from", until the third wind. Either way, any who could not or would not leave had to submit to "bondage": in other words, slavery. So it was ten centuries ago – although it must be

y daethant ohono", tan y trydydd gwynt. Boed a fo am hynny, byddai rhaid i bwy bynnag na allai neu na fynnai adael ymostwng i "daeogaeth": hynny yw, caethwasiaeth. Felly yr oedd pethau ddeg canrif yn ôl, er bod rhaid i ni gofio mai goresgynwyr milwrol oedd llawer o'r estroniaid hyn y pryd hwnnw.

Mae traddodiad Cymru o fod yn wlad groesawgar yn llawer mwy diweddar. Cododd oherwydd bod economi Cymru wedi dibynnu ar lafur mewnfudwyr ers y 19eg ganrif, ac yna, yn ystod yr Ail Ryfel Byd ac ar ôl hynny, oherwydd bod cefnogaeth gyhoeddus enfawr i'r ddyletswydd ryngwladol tuag at ffoaduriaid a oedd yn dianc rhag erledigaeh a hil-laddiad. Mae angen adfywio'r traddodiad hwn. Caiff ei fygwth gan agwedd sy'n ymddangos fel difaterwch mewn adrannau o'r llywodraeth, gan system gyfreithiol a biwrocrataidd sydd wedi'i gorymestyn a'i than-gyllido, gan bapurau newydd gelyniaethus, a chan ddiffyg ymwybyddiaeth y cyhoedd yn gyffredinol o bwy sy'n ceisio lloches a pham, ac o beth sy'n digwydd iddynt pan wnânt hynny.

Bydd darllen nodiadau bywgraffyddol a cherddi a storïau'r ffoaduriaid a'r ceiswyr lloches yn rhoi cipolwg i chi o'r lliaws o resymau sydd gan y bobl dros ddianc o'u gwlad. Ychydig o fanylion a rydd rhai ysgrifenwyr, gan ofni canlyniadau posibl iddynt hwy neu i'r teuluoedd a adawsant. Mae'n ein hatgoffa mor freintiedig yw dinasyddion y Deyrnas Unedig i fyw mewn gwlad lle y mae rhyddid mynegiant, dim rhyfel cartref, dim rhyfel yn erbyn gwlad drws-nesa, dim erlid ar leiafrifoedd crefyddol nac ethnig, economi sy'n gweithio, systemau addysg ac iechyd, hawliau cyfartal i fenywod, dim newyn torfol, dim trychinebau naturiol enfawr...

Ychydig ddewisodd ddod i'r Deyrnas Unedig. Yr hyn sy'n digwydd yn nodweddiadol yw eu bod, ar ôl rhyw fygythiad o drais, yn talu rhyw smyglwr i fynd â nhw i ddiogelwch: fe wnaiff unrhyw le y tro. Wedi'u gollwng yma, maen nhw'n eu taflu'u hunain ar drugaredd y llywodraeth. Os nad oes arian ganddyn nhw i'w cynnal eu hunain, cân

remembered that many of the "foreigners" of that time were military invaders or conquerors.

The tradition of Wales as a welcoming land is much newer. It arose because the Welsh economy has depended on immigrant labour since the 19th century, and then because, during and after the Second World War, there was huge public support for the international duty towards refugees fleeing persecution and genocide. A revival of this tradition is needed. It is threatened by an attitude of apparent indifference in sections of the government, by an over-stretched, under-resourced bureaucracy and legal system, by hostile newspapers, and by general public unawareness of who seeks asylum and why, and what happens to them when they do.

Reading the biographical notes and the poems and stories by refugees and asylum seekers will give you a glimpse of the many, many reasons why people flee their countries. Some writers give few details, out of fear of possible repercussions for themselves or the families they have left behind. It's a reminder of how privileged UK citizens are, to live in a country with freedom of expression, no civil war, no war with neighbouring countries, no persecution of religious or ethnic minorities, a functioning economy, education and health systems, equal rights for women, no mass starvation, no major natural disasters

Few choose to come to the UK. Typically, following some violent threat to their lives, they pay a smuggler to get them to safety: anywhere will do. Dumped here, they throw themselves on the mercy of the government. If they have no money to support themselves, they're "dispersed".

Year by year, almost month by month, the current UK government has "tightened up" the asylum system. It has introduced ever higher barriers to starting an asylum claim, or

nhw eu "gwasgaru".

Flwyddyn ar ôl blwyddyn, a bron mis ar ôl mis, mae llywodraeth bresennol y DU wedi "tynhau" y system loches. Y mae wedi cyflwyno rhwystrau sy'n codi'n gyson rhag gwneud cais am loches, neu i geisio llwyddiant, a chosbau mwyfwy llym am fethiant. Tra bo ceiswyr lloches yn pydru rhwng dau fyd, heb hawl i weithio, a heb lawer o gyfle i astudio neu i gymathu mewn unrhyw fodd, caiff eu cyfreithiwr (os gallan nhw ddod o hyd i un) gyfanswm o bump awr o dâl i baratoi eu hachos. Gall yr achosion hyn fod yn dra chymhleth. Mae llawer o gyfreithwyr wedi rhoi'r gorau i weithio ar achosion lloches am ei bod, yn yr amodau presennol, yn aml yn amhosibl cael cyfiawnder. Mae rhai cyfreithwyr, ar y llaw arall, yn dewis gweithio am ddim. "Cyfiawnder Lloches", elusen brysur iawn sydd wedi ei lleoli yng Nghymru, sy'n trefnu'r gwasanaeth hwn, gan ddibynnu ar wirfoddolwyr lleyg a phroffesiynol (gweler eu hysbyseb yn y tudalennau olaf).

Yna rhoddir dyfarniad ar y cais. Mae rhai'n llwyddo, ond o dan reolau newydd, y cyfan y gallan nhw ei ennill yw "amddiffyniad dyngarol" am bum mlynedd, sy'n gyfnod rhy fyr i gychwyn cynllunio bywyd newydd, a rhy fyr i leddfu eu hofnau a'u hansicrwydd. Mae rhai'n methu: yn aml cânt eu gwrthod ar bwynt technegol, am ddiffyg cyfieithiad ardystiedig o ddogfen allweddol - tyst nad oes modd talu ei docyn trên - apêl na ellir ei chyflwyno o fewn 36 awr - neu am fod y Swyddfa Gartref yn dibynnu ar adroddiadau am eu gwlad sy'n anghywir neu'n hen - neu am nad yw'r hyn a ddioddefon nhw'n ffitio'r gofynion cyfreithiol.

Mae nifer cynyddol o geiswyr lloches "yn methu", a chânt eu condemnio i fod yn anghenus. Nid oes ganddynt hawl i lety, bwyd na gwaith. Ac mae hyn yn digwydd mewn gwlad gyfoethog, sydd mewn materion eraill yn un wâr.

Rhaid cydnabod bod rhai ceisiadau'n "amheus". Ond mae'r

pursuing it successfully, and ever harsher penalties for failure. While asylum seekers languish in a state of limbo, denied the right to work, with limited opportunities to study or in any way integrate, their solicitor (if they can find one) has just five paid hours in which to prepare their case. These cases can be extremely complex. Many solicitors have stopped working on asylum cases because, under the present conditions, it is often impossible to achieve justice. Some lawyers, on the other hand, choose to work for nothing. "Asylum Justice" is a new, extremely busy Wales-based charity which organises this service, relying on both lay and professional volunteers (see their advertisement in the back pages).

Then the claim is decided. Some succeed: but under new rules, the most they can gain is "humanitarian protection" for five years, too short a period to begin planning a new life, too short to allay their fear and insecurity. Some fail: often rejected on a technicality, for want of a certified translation of a crucial document – a witness whose train fare could not be paid – an appeal not lodged within 36 hours – or because the Home Office relies on reports about their country which are inaccurate or out of date – or because the sufferings they have been through do not fit the legal requirements.

Growing numbers of asylum seekers "fail", and are condemned to destitution. They are entitled to no shelter, food or work. And this in a wealthy, otherwise civilised country.

Some applications, to be sure, are "dodgy". But the vast majority of asylum seekers are fleeing from felt danger to life and limb: oppressive regimes, religious and political persecution, civil war, conscription by rebel militias; or fleeing economic and ecological collapse; or fleeing domestic violence, the stigma of illegitimacy, divorce or widowhood, or from inter-tribal slavery; or just fleeing

mwyafrif llethol o geiswyr lloches yn ffoi oddi wrth deimlad o berygl i'w bywyd a'u hiechyd: cyfundrefnau gormesol, erledigaeth grefyddol a gwleidyddol, rhyfel cartref, gorfodaeth filwrol gan filisia o wrthryfelwyr; neu ffoi rhag chwalfa economaidd ac ecolegol; neu ffoi rhag trais yn y cartref, stigma anghyfreithlondeb, ysgariad neu fod yn weddw, neu oddi wrth gaethwasiaeth rynglwythol; neu ffoi rhag dim mwy na thrais cyffredinol, newyn, afiechyd, diffyg addysg, diffyg dyfodol, er mwyn cael bywyd gwerth ei fyw iddyn nhw eu hunain, neu i'r plant y maen nhw am eu cael. Nid yw Confensiwn y Cenhedloedd Unedig ar Ffoaduriaid yn cynnwys llawer o achosion o'r fath, am ei fod yn canolbwyntio mewn modd cul ar wladwriaethau'n erlid lleiafrifoedd. Pe baech yn ffoi oherwydd y math "anghywir" o drychineb, byddwch yn methu. Os nad oes gennych dystiolaeth gadarn eich bod chi wedi cael eich erlid (ac ni fydd creithiau artaith yn ddigon), byddwch yn methu.

Felly beth sy'n digwydd i'r "methiannau"? Cânt eu gorfodi i fynd "o dan y ddaear", i fod yn anghenus a digartref, gan ddibynnu ar elusen am lety a bwyd, gan gardota neu weithio'n anghyfreithlon. Ewch yn ôl i'ch gwlad eich hun, dyna mae pobl yn ei ddweud wrthyn nhw. Allan nhw ddim cael eu gorfodi'n gyfreithiol i fynd yn ôl, oni bai bod eu gwlad yn cael ei datgan yn swyddogol yn un "ddiogel". Gwledydd "diogel": Afghanistan? Algeria? Congo? Irác? Liberia? Sudan? Zimbabwe? Daw swyddogion diogelwch i alw ar rai "methiannau" yn oriau mân y bore, a hwythau wedi dod yn barod am sgarmes, a chânt eu gwthio i mewn i fan, ac yna i awyren i'w hedfan yn ôl. Ond os nad yw hyn yn bosibl yn gyfreithiol, cânt eu taflu o'u llety a cholli pob hawl i gefnogaeth gyhoeddus. Os gallan nhw weithio, byddan nhw'n dod yn gaethweision i ryw gyflogwr anghyfreithlon. All rhai ddim gweithio. Duw a ŵyr sut maen nhw'n byw.

from general violence, hunger, ill-health, lack of education, a total lack of a future, a life worth living for oneself and one's children, or the children one hopes to have. Many such cases are not covered by the UN Convention on Refugees, which focuses narrowly on state persecution of minorities. If you fled because of the "wrong" kind of catastrophe, you fail. If you don't have hard evidence that you were persecuted (and scars from torture won't be enough), you fail.

So what happens to the "failures"? They are forced "underground", made destitute and homeless, dependent for shelter and food on charity, begging or illegal work. Go back to your own country, they are told. They cannot legally be forced to go back, unless their country is officially declared "safe". "Safe" countries: Afghanistan? Algeria? Congo? Iraq? Liberia? Sudan? Zimbabwe? Some "failures" are visited in the early hours by security men, who come prepared for a struggle, pack them into a van, then onto a plane to be flown back. But if this is not legally possible, they are simply evicted and denied all right to public support. If they can work, they become the slaves of some illegal employer. Some can't. How they live, god knows.

Those who have had refugee status here for some time, such as Eric Ngalle Charles, thank their lucky stars that they arrived back in the 1990s, when it was not quite so harsh.

Wales has always been a destination, intended or unintended, for the displaced. Many long for a wind to take them back home. But where is "home" now? Certainly, most have no home there any more. So they long for a wind to rise to blow away the suspicions, fears and even hatreds that threaten to prevent them

Mae'r rhai a gafodd statws ffoadur yma ers peth amser, fel Eric Ngalle Charles, yn diolch i'r drefn iddyn nhw gyrraedd eisoes yn yr 1990au, pan nad oedd hi mor anodd.

Mae Cymru bob amser wedi bod yn gyrchfan bwriadol neu anfwriadol i rai sydd wedi colli eu lle. Mae llawer yn hiraethu am wynt i'w dwyn yn ôl adref. Ond beth yw "cartref" yn awr? Yn sicr, nid oes gan y rhan fwyaf gartref yno mwyach. Felly maen nhw'n dyheu am wynt i chwythu ymaith y drwgdybiaethau, yr ofnau a hyd yn oed y casineb sy'n eu rhwystro rhag ymgartrefu yma. A oes ganddynt "hawl i aros" yma yn yr 21ain ganrif? Penderfynwch chi.

Mae'r golygyddion am ddiolch i Gyngor Llyfrau Cymru am grant cyhoeddi, Wythnos Ffoaduriaid Cymru am grant prosiect, a Heini Gruffudd am gyfieithu a gwasanaethau prawfddarllen. Rydym hefyd am ddiolch i bawb sydd wedi rhoi cysylltiad i ni ag ysgrifenwyr, neu wedi annog a helpu pobl i ysgrifennu, ac i'r ysgrifenwyr canlynol sydd wedi rhoi i ni eu gwaith o gasgliadau blaenorol: Isabel Adonis, "S. a H. D. Albertson", Yosef Ali, Moira Andrew, Juliet Betts, Byron Beynon, Ian Brown, Alice Salomon Bowen, Dahir, Dorca, Olivier a Susan, Rebekah F., Emily Hinshelwood, "Zhila Irani", Dahlian Kirby, Jelena Jovic, Narriman, Imène a Nadji Guémar, Nigel Jenkins, Richard Jones, Showan Kurshid, Liz Morrison, Kamaran Najmadin, Hans Popper, Ursula Presgrave, Negar Ragaby, Steve Short, Noser Sultani, Martin White, Jeni Williams, Million Gashaw Woldemarian, Ahmed Zai a Mandazamba Zukele.

Mae copïau o'r casgliadau *Nobody's Perfect* (2004) a *Soft Touch* (2005) ar gael trwy www.hafan.org, neu ebost t.cheesman@abertawe.ac.uk

from making a home here. Are they "entitled to stay" here in the 21st century? You decide.

The editors would like to thank the Welsh Books Council for a publication grant, Refugee Week Wales for a project grant, and Heini Gruffudd for translation and proof reading services. We would also like to thank all those who have put us in touch with writers, or encouraged and helped people to write, and the following writers who gave us their work for previous anthologies: Isabel Adonis, "S. and H. D. Albertson", Yosef Ali, Moira Andrew, Juliet Betts, Byron Beynon, Ian Brown, Alice Salomon Bowen, Dahir, Dorca, Olivier and Susan, Rebekah F., Emily Hinshelwood, "Zhila Irani", Dahlian Kirby, Jelena Jovic, Narriman, Imène and Nadji Guémar, Nigel Jenkins, Richard Jones, Showan Kurshid, Liz Morrison, Kamaran Najmadin, Hans Popper, Ursula Presgrave, Negar Ragaby, Steve Short, Noser Sultani, Martin White, Jeni Williams, Million Gashaw Woldemarian, Ahmed Zai and Mandazamba Zukele.

Copies of the anthologies *Nobody's Perfect* (2004) and *Soft Touch* (2005) are available through www.hafan.org, or email t.cheesman@swansea.ac.uk

Nodiadau ar y Cyfranwyr

BM = testun a gyhoeddir yma wedi ymddangos yn *Between a Mountain and a Sea* (2003)
NP = testun a gyhoeddir yma wedi ymddangos yn *Nobody's Perfect* (2004)
ST = testun a gyhoeddir yma wedi ymddangos yn *Soft Touch* (2005)
BM, NP, ST = mae gweithiau pellach gan yr awdur i'w gweld yn y teitlau hyn

Magwyd **Tom Cheesman** yn Swydd Durham. Astudiodd yn yr Almaen a Ffrainc cyn ymsefydlu yn Abertawe yn 1990. Mae'n ddarlithydd Almaeneg ym Mhrifysgol Abertawe, ac mae'n gweithio'n wirfoddol gyda Grŵp Cefnogi Ceiswyr Lloches Bae Abertawe (GCCLLBA). Mae'n briod a chanddo ddwy ferch. BM, ST

Magwyd **Grahame Davies** yng Nghoedpoeth, ger Wrecsam. Mae e'n fardd, yn olygydd ac yn feirniad llenyddol, gan weithio yn Gymraeg ac yn Saesneg. Mae ei lyfrau'n cynnwys *The Chosen People* (2002), detholiad o lenyddiaeth yn adlewyrchu'r berthynas rhwng Cymry ac Iddewon. Ef wnaeth y rhan fwyaf o'r cyfieithu rhwng y Saesneg a'r Gymraeg ar gyfer y llyfr hwn. Daw ei gerdd "Rough Guide" o'r casgliad dwyieithog *Ffiniau / Borders*, gan Elin ap Hywel a Grahame Davies (2002). **BM**

Mae **Sylvie Hoffmann** yn artist, adroddwr storïau ac athrawes ar ei liwt ei hun. Mae hi'n gweithio'n wirfoddol gyda GCCLLBA. Ganwyd hi yn Thionville, Ffrainc. Ymfudodd i ynysoedd Prydain yn 1973. Yn 1978 cafodd ganiatâd i aros heb derfyn. Astudiodd Ffrangeg

Notes on Contributors

BM = text published here appeared in *Between a Mountain and a Sea* (2003)
NP = text published here appeared in *Nobody's Perfect* (2004)
ST = text published here appeared in *Soft Touch* (2005)
BM, NP, ST = further texts by the author appear in these titles

Tom Cheesman grew up in County Durham. He studied in Germany and France before settling in Swansea in 1990. A lecturer in German at Swansea University, he volunteers with the Swansea Bay Asylum Seekers Support Group (SBASSG). He is married with two daughters. BM, ST.

Grahame Davies was brought up in Coedpoeth, near Wrexham. He is a poet, editor and literary critic, working both in Welsh and in English. His books include *The Chosen People* (2002), an anthology of literature reflecting relations between the Welsh and the Jewish people. He did the vast bulk of translation between English and Welsh for this book. His poem "Rough Guide" is from the bilingual collection *Ffiniau / Borders*, by Elin ap Hywel and Grahame Davies (2002). **BM**.

Sylvie Hoffmann is a freelance artist, storyteller and teacher, and volunteers with SBASSG. Born in Thionville, France, in 1947, she emigrated to Britain in 1973. In 1978 she was granted indefinite leave to remain. She studied French and English in London and took a PGCE in Swansea. Here she has taught in schools and colleges and worked in cultural projects, such as with Travellers.

a Saesneg yn Llundain a chwrs TAR yn Abertawe. Yma mae hi wedi dysgu mewn ysgolion a cholegau ac wedi gweithio mewn prosiectau diwylliannol, gan gynnwys gyda Theithwyr. Mae hi wedi gweithio ar eitemau radio BBC am geisiwyr lloches anghenus, a chyda nhw, ar gyfer "Good Morning Wales". Mae gan Sylvie ddwy ferch, BA mewn Gwydr Lliw Pensaernïol o Athrofa Abertawe, trwydded hedfan, a TGAU mewn Cymraeg. **BM**, **NP**, **ST**, BM, NP, ST

Mae gan **Mahmood Ahmadifard** radd Athro mewn Busnes a Chyfrifeg o Brifysgol Tehran. Cafodd ei ddanfon i Gymru yn 2003 gyda'i wraig a'i ddau blentyn ifanc. Cafodd ei gais am loches ei dderbyn yn y pen draw ddiwedd haf 2005; cawsant amddiffyniad dyngarol am bum mlynedd. *Bite the Dust* yw teitl casgliad o gerddi a gyhoeddwyd yn Tehran yn 1999. Cafodd ei gyfieithu i'r Saesneg gan yr awdur a chan Tom Cheesman. **ST**, NP

Astudiodd **Anahita Alikhani** Gelf ym Mhrifysgol Tehran, a gweithiodd fel tiwtor yno. Yn 1998 dechreuodd weithio fel gohebydd gyda thimau teledu o'r Almaen, Awstria a Thwrci. Cafodd ei dal a'i phoenydio ar ôl rhoi adroddiad ar wrthdystiadau myfyrwyr. Yn 2001 ffoes o'r wlad ac yn y pen draw cafodd ganiatâd i aros yn y DU. Gwnaeth hi ffilm am geiswyr lloches – *Anonymous* – ar gyfer Celfyddydau Cymunedol y Cwm a'r Fro ac ar gyfer prosiect "Synnwyr o Le" y Cyngor Prydeinig. Mae hi'n gweithio'n wirfoddol gyda GCCLLBA ac elusennau eraill, yn ysgrifennu (am fonologau doniol eraill, gweler ein llyfrau eraill), yn peintio, ac mae hi o dan hyfforddiant gyda'r BBC; fel arall mae hi'n chwilio am swydd. **BM**, NP, ST

She has worked on BBC radio features about and with destitute asylum seekers, for "Good Morning Wales". Sylvie has two daughters, a BA in Architectural Stained Glass from Swansea Institute, a licence to fly, and a GCSE in Welsh. **BM, NP, ST**, BM, NP, ST

Mahmood Ahmadifard has a Masters degree in Business and Accountancy from the University of Tehran. Together with his wife and two young children, he was dispersed to Wales in 2003. Their asylum claim was finally decided in late summer 2005; they have humanitarian protection for five years. "Bite the Dust" is the title poem of a collection published in Tehran in 1999. It was translated into English by the author with Tom Cheesman. **ST**, NP

Anahita Alikhani studied Art at the University of Tehran, and worked as a tutor there. In 1998 she began working as a journalist with German, Austrian and Turkish television teams. Detained and tortured after reporting on student protest demonstrations, in 2001 she fled the country and was eventually granted leave to remain in the UK. She has made a film about asylum seekers – *Anonymous* – for Valley and Vale Community Arts and for the British Council's "A Sense of Place" project. She volunteers with SBASSG and other charities, writes (for further comic monologues, see our other books), paints, and has a BBC traineeship; otherwise she is looking for a job. **BM**, NP, ST

Mae llawer o'r cyfranwyr i "Clytwaith Abertawe" (detholiad o'n holl lyfrau blaenorol) yn **ddienw**, yn ogystal ag awduron yr hen gerddi Cymraeg, "Canu Heledd" a "Claf Abercuawg" (**BM**), a *Brut y Tywysogion*.

Ganwyd **Abdallah Bashir-Khairi** ar Ynys Dagarty yn afon Nil, ger Karma, Sudan. Asutiodd feddygaeth ym Mhrifysgol Juba a bu'n ymarfer seiciatreg yn y Sudan a Qatar cyn dod i'r DU fel ceisiwr lloches yn 1998. Cymerodd MSc yng Nghaerdydd a gweithiodd yn Rhaglen Meddygon Ffoaduriaid DPIA a phrosiect BE4 ar iechyd meddwl ac anghenion cymdeithasol ymysg lleiafrifoedd ethnig yng Nghaerdydd. Mae ei storïau wedi eu cyhoeddi mewn cylchgronau yn Llundain a Qatar, lle yr ymddangosodd ei gasgliad cyntaf – *Al-Ruyia* (Y Weledigaeth) – yn 2004. Cafodd y stori a gyhoeddir yma ei chyfieithu o'r Arabeg gan Ibrahim Gafar, athronydd ac awdur sy'n gweithio yn Llundain, a golygwyd hi gan Tom Cheesman. Gadawodd Dr Bashir-Khairi y DU yn haf 2004. **BM**, NP. ST

Roedd **George Borrow** yn Sais ecsentrig y dywedir iddo ddysgu 100 o ieithoedd, gan gynnwys iaith y Romani (Sipsiwn) a Chymraeg. Ysgrifennodd sawl llyfr taith gan gynnwys *Wild Wales* (1862), adroddiad o daith ar droed o ogledd i dde Cymru. Er ei fod yn aml yn bell iawn o'i le, mae'r llyfr wedi bod yn boblogaidd yn ddi-dor ers hynny – yn enwedig yn Lloegr.

Ysbrydolodd **Eric Ngalle Charles** greu Llyfrau Hafan. Cafodd ei fagu ym mhentref bach Byuea, yn Nhalaith De Orllewin Cameroon. Gadawodd Cameroon yn 1997, gyda'r nod o ymuno â pherthnasau yng Ngwlad Belg, ond cafodd ei hun wedi ei ynysu yn Rwsia. Ar ôl tair blynedd llwyddodd i gael papurau i deithio i'r DU,

Anonymous are the many contributors to Sylvie Hoffmann's "Swansea Collage" (a selection from all our previous books), as well as the authors of the ancient Welsh poems, "Canu Heledd" ("Heledd's Songs") and "Claf Abercuawg" ("Afflicted, Abercuawg") (**BM**), and of the *Chronicle of the Princes*.

Abdallah Bashir-Khairi, born on Dagarty Island in the Nile, near Karma, Sudan, studied medicine at Juba University and practised psychiatry in the Sudan and Qatar before coming to the UK as an asylum seeker in 1998. He took an MSc at Cardiff and worked in DPIA's Refugee Doctors Programme and the BE4 project on mental health and social needs among ethnic minorities in Cardiff. His stories have been published in magazines in London and Qatar, where his first collection – *Al-Ruyia* (The Vision) – appeared in 2004. The story published here was translated from the Arabic by Ibrahim Gafar, a philosopher and writer living in London, and edited by Tom Cheesman. Dr Bashir-Khairi left the UK in summer 2004. **BM**, NP, ST

George Borrow (1803–1881) was an English eccentric who is said to have learned 100 languages, including the Romany (Gypsy) language and Welsh. He wrote several travel books including *Wild Wales* (1862), an account of a journey on foot from north to south Wales. Though often wildly inaccurate, the book has been popular ever since – especially in England.

Eric Ngalle Charles inspired the creation of Hafan Books. He grew up in the small village of Buyea, in Cameroon's South West Province. He left Cameroon in 1997, aiming to join relatives in Belgium, but found himself stranded in Russia. After three years he

hawliodd loches, a chafodd ganiatâd i aros. Yng Nghymru golygodd gylchlythyr oddi wrth yr elusen DPIA, cynhaliodd weithdai ar farddoniaeth a dadleoli mewn llawer o ysgolion, cafwyd proffil ohono yng nghyfres HTV, *Melting Pot*, a chafodd rhai o'i gerddi eu cyfieithu i'r Gymraeg ar gyfer Eisteddfod Gŵyl Ddewi, 2002. Mae e'n astudio ar gyfer BSc mewn Systemau Gwybodaeth Busnes yn UWIC, ac mae'n gweithio ar nofel hunanfywgraffyddol. Mae ganddo ferch a llysferch, ac mae'n chwarae pêl-droed i Avenue Hotspurs, Tre-lai, a chyd-sefydlodd Les Artistes sans Frontières, grŵp o ffoaduriaid o feirdd sy'n byw yng Nghaerdydd a Wrecsam. **BM**, NP, ST

Ganwyd **Alexander Cordell** (1914-1997), yn Ceylon, a'i enw gwreiddiol oedd George Alexander Graber. Daeth i Gymru i wella ar ôl cael ei anafu yn yr Ail Ryfel Byd. Mabwysiadodd Gymru yn famwlad, ac ysgrifennodd gyfres o nofelau hanesyddol sy'n portreadu hanes cythryblus Cymru yn ystod cyfnod cynnar diwydiannu. Mae'r rhain yn cynnwys *Rape of the Fair Country* (1959), *The Hosts of Rebecca* (1960), *Song of the Earth* (1969) a *This Proud and Savage Land* (1985).

Menna Elfyn yw'r awdur Cymraeg mwyaf adnabyddus y tu allan i Gymru. Mae hi wedi teithio'n helaeth ac mae'n ymgyrchydd brwd dros faterion Cymreig a rhyngwladol. Disgrifiodd ei hun fel anarchydd Cristnogol. Yn ogystal ag ysgrifennu dramâu, dramâu teledu, nofel a chyd-olygu *The Bloodaxe Book of Modern Welsh Poetry* (2003), mae ei hwyth cyfrol o farddoniaeth yn cynnwys *Eucalyptus: Detholiad o Gerddi / Selected Poems* 1978–1994 (1995), casgliadau dwyieithog *Cell Angel* (1996) a *Cusan Dyn Dall / Blind Man's Kiss* (2001), a *Perffaith Nam* (2005). Ysgrifennodd a chyfieithodd "Gwenoliaid" ("Swallows") yn arbennig ar gyfer ein llyfr cyntaf. **BM**

succeeded in obtaining papers to travel to the UK, claimed asylum, and was granted leave to remain. In Wales he has edited a newsletter for the charity DPIA, given workshops on poetry and displacement in many schools, been profiled in HTV's series *Melting Pot*, and had some poems translated into Welsh for the St David's Eisteddfod, 2002. He is studying for a BSc in Business Information Systems at UWIC, and working on an autobiographical novel. He has a daughter and a stepdaughter, plays football for Avenue Hotspurs, Ely, and co-founded Les Artistes sans Frontières, a group of refugee poets based in Cardiff and Wrexham. *BM*, NP, ST

Alexander Cordell (1914–1997), born George Alexander Graber in Ceylon, came to Wales to convalesce after being injured in the Second World War. He adopted Wales as his home country, writing a series of historical novels which portray the turbulent history of early industrial Wales: they include *Rape of the Fair Country* (1959), *The Hosts of Rebecca* (1960), *Song of the Earth* (1969) and *This Proud and Savage Land* (1985).

Menna Elfyn is the writer in Welsh best known outside Wales. A much travelled and passionate campaigner on Welsh and international issues, she describes herself as a Christian anarchist. Besides writing plays, television dramas, and a novel, and co-editing *The Bloodaxe Book of Modern Welsh Poetry* (2003), her eight volumes of poetry include the bilingual *Eucalyptus: Detholiad o Gerddi / Selected Poems* 1978–1994 (1995), the bilingual collections *Cell Angel* (1996) and *Cusan Dyn Dall / Blind Man's Kiss* (2001), and *Perffaith Nam* (2005). She wrote and translated "Gwenoliaid" ("Swallows") specially for our first book. **BM**

Daw **Donald Evans** (g. 1940) o Geredigion, ac mae'n un o dri a enillodd y gadair a'r goron yn yr un Eisteddfod Genedlaethol. Mae e'n feistr ar y gynghanedd, fel y gwelir yn y gerdd a ddewiswyd yma am ffoadur o Iddew.

Daw **Humberto Gatica** o Chile. Tan iddo gael ei garcharu ym mis Hydref 1973 o dan unbennaeth Pinochet, roedd yn gweithio mewn prosiectau cymunedol a diwylliannol gyda phreswylwyr trefi sianti, gwerinwyr a gweithwyr coedwigaeth. Ar ôl cael ei ryddhau o'r carchar ym mis Awst 1974, gadawodd Chile gyda'i wraig Gabriela a mynd i Ariannin. Daethon nhw i Abertawe yn ffoaduriaid ym mis Hydref 1975. Yn 1981-84 gweithiodd Humberto mewn prosiect celfyddydau cymunedol mewn pwll glo yn Mozambique, gan ddychwelyd i Abertawe oherwydd y rhyfel cartref. Ers 1987 mae e wedi gweithio fel technegydd ar gwrs BA Celf Ffotograffaidd yn Athrofa Addysg Uwch Abertawe. Mae e weithiau'n cyhoeddi barddoniaeth mewn cylchgronau, yn enwedig rhai Sbaeneg, ac mae'n cymryd rhan mewn arddangosfeydd ffotograffiaeth. **BM**, ST.

Daw **Hamira A Greedy** o Mahabad yn y rhan o Kurdistan sydd yn Iran. Mae ganddi gymwysterau meddyg. Cafodd ei hyfforddi yn Shiraz a bu'n gweithio am 17 mlynedd yn Tehran a Mahabad. Mae hi'n awr yn byw yn Abertawe gyda'i gŵr a'i dau blentyn, ar ôl hawlio lloches yn llwyddiannus. Mae hi'n gweithio tuag at basio arholiadau iaith fel y gall hi ymarfer yn y Gwasanaeth Iechyd Gwladol. Rydyn ni wedi cyhoeddi tair o'i storïau yn ein tri llyfr. Mae hi'n ysgrifennu yn Saesneg. Mae'r storïau wedi eu seilio ar fywyd ei chleifion. **BM**, NP, ST.

Sieffre o Fynwy (c. 1090–1155) oedd yr hanesydd canoloesol a ysgrifennodd *Historia Regum Britanniae* (Hanes Brenhinoedd

Donald Evans (b. 1940), from Ceredigion, and he is one of three who have won the chair and crown at the same National Eisteddfod. He is a master of the Welsh strict metres, as shown in the poem collected here about a Jewish refugee.

Humberto Gatica is from Chile. Until his detention in October 1973 under the Pinochet dictatorship, he worked in community arts and cultural projects with shantytown dwellers, peasants and forestry workers. Released from prison in August 1974, with his wife Gabriela he left Chile for Argentina. They came to Swansea as refugees in October 1975. In 1981–84 Humberto worked in a community arts project in a coal mine in Mozambique, returning to Swansea because of the civil war. Since 1987 he has worked as a technician on the Photographic Art BA at Swansea Institute of Higher Education. Occasionally he publishes poetry in magazines, usually Spanish-language publications, and participates in photography exhibitions. **BM**, ST

Hamira A. Geedy is from Mahabad in Iranian Kurdistan. She is a qualified GP: she trained in Shiraz and Tehran and practised for 17 years in Tehran and Mahabad. She is now living in Swansea with her two children and husband, having successfully claimed asylum, and is working to pass the language exams so she can practise in the National Health Service. We have published three of her stories in our three books. She writes in English. The stories are based on the lives of her patients. **BM**, NP, ST

Geoffrey of Monmouth (c.1090–1155) was the medieval historian whose *Historia Regum Britanniae* (*The History of the Kings of Britain*) formed the basis for later Arthurian romances. The book

Prydain), a fu'n sail i lawer o'r rhamantau Arthuraidd diweddarach. Yn ei benodau agoriadol, mae'r llyfr yn rhoi fel ffaith y chwedl mai disgynyddion Brutus, arweinydd y ffoaduriaid o Gaer Droia, yw'r Brythoniaid. Gwaith Lewis Thorpe o 1966 ar gyfer cyfres y Penguin Classics yw'r cyfieithiad Saesneg a ddefnyddir yma.

Ganwyd **Gerallt Gymro** (tua 1147-1223), neu Gerald de Bari, yn Sir Benfro. Addysgwyd ef ym Mharis, a theithiodd trwy Gymru yn 1188, gan recriwtio milwyr ar gyfer y Drydedd Groesgad. Mae ei adroddiad am ei deithiau, a ysgrifennwyd yn Lladin, *Y Daith trwy Gymru*, yn llawn o chwedlau gwerin ac o hanesion rhyfedd. Gwnaeth sylwadau miniog am arferion a chymeriad y Cymry, ond hefyd am eu huwcharglwyddi Normanaidd a Seisnig.

Ganwyd **Kate Bosse-Griffiths** yn Wittenberg, tref Martin Luther. Cafodd radd doethur am waith ar ffigurau Eifftaidd, ond ar ôl colli ei swydd mewn amgueddfa yn Berlin am fod ei mam o dras Iddewig, llwyddodd i ffoi i Loegr cyn y rhyfel, a dod i Gymru i briodi J. Gwyn Griffiths a oedd hefyd yn Eifftolegwr. Cafodd ei mam ei lladd yn Ravensbrück, a chafodd ei thad, ei dau frawd a'i chwaer eu carcharu. Dysgodd y Gymraeg, ac ysgrifennodd nofelau a storïau byrion Cymraeg. Parhaodd â'i diddordebau Eifftolegol trwy fod yn gyfrifol am y Casgliad Wellcome, a gafodd gartref yn yr Amgueddfa Eifftaidd ym Mhrifysgol Cymru, Abertawe.

Cyfieithodd **Heini Gruffudd** y deunydd cychwynnol, y cyflwyniad a'r nodiadau hyn i'r Gymraeg a gwneud peth gwaith golygu. Yn addysgwr ac yn ymgyrchydd brwd dros y Gymraeg, mae'n fab i Kate Bosse-Griffiths, a lwyddodd i ffoi rhag erlid yn yr Almaen, cyn y rhyfel.

gives as fact the spurious tale that the ancient Britons are descended from Brutus, leader of the refugees from Troy. The English translation used here is by Lewis Thorpe, from the Penguin Classics edition of 1966.

Gerald of Wales (c.1147–1223) or Gerald de Barri, born in Pembrokeshire, educated in Paris, travelled through Wales in 1188, recruiting soldiers for the Third Crusade. His account of his travels, written in Latin, *The Journey through Wales*, is packed with folk tales and curious legends. He makes biting comments about the habits and character of the Welsh, but also about their Norman and English overlords.

Kate Bosse-Griffiths was born in Lutherstadt-Wittenberg. She obtained a doctorate for work on Egyptian figures, but after losing her post at a Berlin museum because her mother was of Jewish origin, she was allowed to find refuge in England before the war, and came to Wales to marry J. Gwyn Griffiths, who was also an Egyptologist. Her mother was killed at Ravensbrück, and her father, two brothers and her sister were incarcerated. She learnt Welsh, and wrote short stories and novels in Welsh. She continued her Egyptological interests through her responsibility for the Wellcome Collection, which is housed in the Egyptian Museum at the University of Wales Swansea.

Heini Gruffudd translated the front matter, the Introduction and these Notes into Welsh and did some editing work. A celebrated Welsh language activist and educator, he is the son of Kate Bosse-Griffiths, who fled from persecution in Germany before the Second World War.

Magwyd **Soleïman Adel Guémar** yn Algiers a gweithiodd yn Algeria fel gohebydd o 1991. Yn ogystal ag adroddiadau a cholofnau barn, cyhoeddodd hefyd storïau a cherddi; enillodd rhai cerddi wobrau cenedlaethol. Yn 1999 sefydlodd gwmni cyhoeddi a gwnaeth gais am drwydded i gynhyrchu cylchgrawn o newyddiaduraeth ymchwiliol. Parodd bygythiadau wedi hyn iddo adael y wlad. Mae e'n awgrymu fod ei ymosodwyr yn gweithio i'r "maffia milwrol-ariannol" sy'n rhedeg Algeria, gan ddefnyddio eithafwyr Islamaidd yn bwpedi. Cafodd ugeiniau o ohebwyr eu lladd yn Algeria mewn blynyddoedd diweddar. Gwnaeth Adel gais am loches ym mis Rhagfyr 2002 ac anfonwyd ef i Gymru gyda'i wraig a'i blant ifanc, a chafodd statws ffoadur yn hydref 2004. Ymddangosodd rhai o'i gerddi yn *Modern Poetry in Translation* 3/1 (2005). Mae casgliad, State of Emergency, yn cael ei baratoi ar gyfer "Visible Poets", cyfres o destunau cyfochrog gan Arc Publications. Mae'r cyfieithiadau o'r Ffrangeg gan Tom Cheesman gyda John Goodby, y bardd a'r beirniad o Abertawe. **NP**, **ST**, NP, ST

Ganwyd **Josef Herman** RA (1911-2000) yn Warsaw, Gwlad Pŵyl. Hyfforddodd fel peintiwr, a chydsefydlu grŵp o artistiaid asgell chwith a oedd yn ymroi i ddarlunio bywyd gweithwyr. Yn 1938, ar ôl dwy flynedd yn cuddio rhag yr heddlu, ac ynghanol gwrth-Iddewiaeth gynyddol, ffoes trwy Wlad Belg i Brydain, gan ymsefydlu yn 1944 yn Ystradgynlais yng nghwm Tawe, lle roedd yn byw am un mlynedd ar ddeg. Dywedodd yn 1966, "Yn 1942, dysgais fod fy holl deulu wedi eu difa mewn un diwrnod. Dw i ddim o ddifri am siarad am hynny; rwy'n casáu hunandosturi. Rwy'n gweld bod y pethau mwyaf trasig yn rhan o fod yn ddynol." (Dyfynnwyd yng Nghyflwyniad Moelwyn Merchant i *The Early Years in Scotland and*

Soleïman Adel Guémar grew up in Algiers and worked in Algeria as a journalist from 1991. As well as reports and opinion pieces, he also published stories and poems; some poems won national prizes. In 1999 he set up a publishing company and applied for a licence to produce a magazine of investigative journalism. Ensuing threats to his safety persuaded him to leave the country. He suggests his attackers worked for the "military-financial mafia" which runs Algeria, using Islamist extremists as its puppets. Scores of journalists have been killed in Algeria in recent years. Adel applied for asylum at Heathrow in December 2002, was sent to Wales with his wife and young children, and was granted refugee status in autumn 2004. Some of his poems appeared in *Modern Poetry in Translation* 3/1 (2005). A collection, *State of Emergency*, is in preparation for "Visible Poets", a parallel text series by Arc Publications. Translations from the French are by Tom Cheesman with Swansea poet and critic John Goodby. **NP, ST**, NP, ST

Josef Herman RA (1911–2000) was born in Warsaw, Poland. He trained as a painter, co-founding a group of left-wing artists dedicated to depicting working people's lives. In 1938, following two years spent in hiding from the police, and amid rising anti-semitism, he fled via Belgium to Britain, settling in 1944 in Ystradgynlais, in the Swansea Valley, where he lived for eleven years. He said in 1966: "In 1942, I learnt that my whole family were exterminated in one day. I do not care to talk about it; I hate self-pity. The most tragic things I see as part of being human." (Quoted in Meolwyn Merchant's Introduction to *The Early Years in Scotland and Wales*, Llandybie: Christopher Davies, 1984, p.9.) Josef Herman became one of the most celebrated British artists of the 20th century. The back cover picture is reproduced with the

Wales, Llandybie: Christopher Davies, 1984, t.9.) Daeth Josef Herman i fod yn un o artisiaid mwyaf adnabyddus Prydain yn yr 20fed ganrif. Mae'r darlun ar y cefn blaen wedi'i atgynhyrchu gyda chaniatâd caredig Sefydliad Celf Josef Herman a Nini Herman, ei weddw. Daw'r darnau o ysgrifeniadau Josef Herman o "A Welsh Mining Village", yn *Related Twilights: Notes from an Artist's Diary*, Llundain: Robson Books, 1975, tt.100–106, a *Notes from a Welsh Diary*, 1944–1955, Llundain: Free Association Books, 1988, tt. i–xi. Atgynhyrchwyd gyda chaniatâd caredig Nini Herman.

Un ar ddeg oed yw **Andy Hyka**. Ysgrifennodd e ei storïau yn fuan ar ôl dod i Gymru rai blynyddoedd yn ôl, o Albania. Mae e'n byw yng Nghasnewydd. **BM, NP**

Mae **Alhaji Sheku Kamara** yn ffoadur o Liberia ac mae'n chwarae gyda thîm pêl-droed Sêr Byd Abertawe, prosiect GCCLlBA. **ST**, ST

Ganwyd **Aliou Keita** ar ddiwedd y tymor glawiog ym mis Awst 1977 ym Masala, Gweriniaeth Mali. Tyfodd mewn pentref ffermio bach o ryw 200 o bobl lle roedd pawb yn adnabod ei gilydd. Roedd yn astudio cymdeithaseg ac anthropoleg ym Mhrifysgol Bamako (prifddinas Mali) cyn i ddigwyddiadau ysgytwol newid ei fywyd a dod ag e yn y pen draw i Abertawe. Cyfieithodd Sylvie Hoffmann ei gerdd o'r Ffrangeg. **BM**, NP

Daw **Aimé Kongolo** o dalaith Katanga yn Congo-Kinshasa. Roedd yn astudio seicoleg plant ac addysgeg cyn dod i'r DU yn 2002, gan geisio lloches o ryfel cartref ac erlid ethnig. Cafodd ei achos ei wrthod gan y Swyddfa Gartref ym mis Tachwedd 2003. Byddai fe am astudio meddygaeth. Mae e'n dal i ysgrifennu yn Ffrangeg ond

kind permission of the Josef Herman Art Foundation and Nini Herman, his widow. The extracts from Josef Herman's writings are from "A Welsh Mining Village", in *Related Twilights: Notes from an Artist's Diary*, London: Robson Books, 1975, pp.100–106, and *Notes from a Welsh Diary*, 1944–1955, London: Free Association Books, 1988, pp. i–xi. Reproduced with the kind permission of Nini Herman.

Andy Hyka is 11. He wrote his stories not long after coming to Wales a few years ago, from Albania. He lives in Newport. **BM**, **NP**

Alhaji Sheku Kamara is a refugee from Liberia and plays with Swansea World Stars football team, a SBASSG project. **ST**, ST

Aliou Keita was born late in the rainy season in August 1977 in Masala, Republic of Mali. He grew up in a small farming village of about 200 people where everybody knows each other. He was studying sociology and anthropology at the University of Bamako (the capital of Mali) before the traumatic events that changed his life and eventually brought him to Swansea. Sylvie Hoffmann translated his poem from French. **BM**, NP

Aimé Kongolo is from Katanga province in Congo-Kinshasa. He was studying child psychology and pedagogy before he came to the UK in 2002, seeking asylum from civil war and ethnic persecution. His case was rejected by the Home Office in November 2003. He would like to be studying medicine. He still writes in French but now also in English. Translations from French are by him, with Sylvie Hoffmann and Tom Cheesman. **NP**, **ST**, NP, ST

gwna hynny yn Saesneg yn awr hefyd. Mae'r cyfieithiadau o'r Ffrangeg ganddo ef, gyda Sylvie Hoffmann a Tom Cheesman. **NP**, **ST**, NP, ST

Daw **Maxson Sahr Kpakio** o Liberia, lle roedd yn gweithio fel gohebydd annibynnol am ddwy flynedd, ac i'r Groes Goch a'r Grŵp Hawliau Dynol. Ar ôl ffoi rhag y rhyfel cartref, cyrhaeddodd y DU a chafodd ei ddanfon i Abertawe, lle mae e'n byw yn awr, gyda chaniatâd i aros. Cafodd ei ddrama "It Could Happen to You Too" ei pherfformio gan aelodau Grŵp Cefnogi Ceiswyr Lloches Bae Abertawe. Mae e wedi gweithio fel gwirfoddolwr i BTCV, cafodd ei hyfforddi fel gweithiwr cymunedol gyda Chyngor Gwasanaeth Gwirfoddol Abertawe, mae'n aelod o Grŵp Cyswllt Ffoaduriaid Fforwm Cyfryngau Ffoaduriaid Cymru, a gydsefydlodd y Ganolfan Gymunedol Affricanaidd yn Abertawe. **BM**, NP, ST

Mae **William G. Mbwembe** yn ffoadur o Zimbabwe. Mae e'n adrodd ei stori yn "From the South South to the North West", yn *Soft Touch*. Mae e'n rheoli'r Ganolfan Gymunedol Affricanaidd yn Abertawe. **ST**, ST

Mae **Michael Mokako** yn byw yng Nghymru gyda'i fam a'i chwiorydd. Maen nhw'n ceisio lloches o Congo-Kinshasa. Doedd e ddim yn gwybod unrhyw Saesneg pan ddaeth e i Gymru yn 2003; mae e'n awr yn ysgrifennwr cryf, yn ogystal â bod yn chwaraewr pêl-fasged brwd. **ST**, NP

Mae **Gwyn Thomas** (g. 1936) yn fardd dylanwadol ac yn ysgolhaig. Ganwyd ef yn Nhanygrisiau ger Blaenau Ffestiniog. Roedd yn Athro'r Gymraeg ym Mangor am flynyddoedd lawer, ac

Maxson Sahr Kpakio is from Liberia, where he worked as a freelance journalist for two years, and for the Red Cross and the Human Rights Group. Having fled civil war, he reached the UK and was dispersed to Swansea, where he now lives, with leave to remain. His short drama "It Could Happen to You Too" was twice performed by members of Swansea Bay Asylum Seekers Support Group. He has worked as a volunteer for BTCV, trained as a community worker with the Swansea Council for Voluntary Service, is a member of the Wales Refugee Media Forum's Refugee Link Group, and co-founded the African Community Centre in Swansea. **BM**, NP, ST

William G. Mbwembwe is a refugee from Zimbabwe. He tells his story in "From the South South to the North West", in *Soft Touch*. He now manages the African Community Centre in Swansea. **ST**, ST

Michael Mokako lives in Wales with his mother and sisters. They are seeking asylum from Congo-Kinshasa. He knew no English when he came to Wales in 2003; now he is a strong writer, as well as a passionate basketball player. **ST**, NP

Gwyn Thomas (b. 1936), is an influential poet and scholar. Born in Tanygrisiau near Blaenau Ffestiniog, he was Professor of Welsh in Bangor for many years, and his experience of the world of higher education in Wales provides the backdrop for the poem collected here.
Gabriel Lenge Vingu, from Angola, is a pastor of the Pentecostalist Church. He walked in Bishopston Valley on 16 March 2003, wrote his story on 20 April, and was removed from

mae ei brofiad o fyd addysg uwch yng Nghymru'n gefndir i'w gerdd a ddewiswyd yma.

Mae **Gabriel Lenge Vingu**, o Angola, yn weinidog Eglwys Bentecostal. Cerddodd yng nghwm Llandeilo Ferwallt ar 16 Mawrth 2003, ysgrifennodd y stori hon ar 20 Ebrill, a chafodd ei symud o lety argyfwng yn Abertawe (ar ôl wyth mis heb ddim arian) i Gaerdydd ar 25 Ebrill. Yna fe gollodd ei achos lloches ond mae'n dal yn y DU. Treuliodd chwe wythnos yng ngharchar dros y Flwyddyn Newydd, 2006, ac mae e'n awr yn byw yn Llundain, heb gymorth gan y wladwriaeth, ac yn cael ei gynnal gan gyfeillion a'i eglwys. Cafodd ei stori ei chyfieithu o'r Ffrangeg gan Sylvie Hoffmann. **BM**

Roedd **E. Llwyd Williams** (1906-60) yn weinidog gyda'r Annibynwyr yn ne Cymru. Enillodd y Gadair yn Eisteddfod Genedlaethol 1953 a'r Goron yn 1954.

emergency accommodation in Swansea (after eight months on zero cash) to Cardiff on 25 April. He subsequently lost his asylum case but remains in the UK. He spent six weeks in detention over New Year, 2006, and is now living in London, without state assistance, supported by friends and his church. His story was translated from French by Sylvie Hoffmann. **BM**

E. Llwyd Williams (1906–60) was a minister with the Independents in south Wales. He won the Chair at the National Eisteddfod in 1953, and the Crown in 1954.

Sul, 11 Mawrth, 2001

Andy Hyka

Y pnawn hwnna ym Macedonia roedd yr heddlu yn curo drysau pawb oherwydd dweud celwydd wrth yr heddlu yr heddlu yn dweud wrth bawb pwy sy'n dweud celwydd a dywedodd rhywun gelwydd dywedon nhw taw ni oedd e nhw chwiliwch y tŷ meddai fe ond nid ni oedd e rhywun arall oedd e felly daeth yr heddlu a churo a churo ein drws a rhedais i'r tŷ achos ro'n i'n chwarae o flaen y drws ffrynt gyda Tad-cu ond fe gymeron nhw fy Nhad-cu a'i fwrw e a'i grogi e lan.

Sunday, 11 March, 2001

Andy Hyka

On that day in Macedonia the police were knocking everybody's door because said a lie at the police the police saying to everybody who was saying a lie and somebody told a lie and they said like it was us they he said search the house but it wasn't us it was somebody else so the police came and knocked and knocked our door and I ran into the house because I was playing in the front door with my Grompa but they got my Grompa and hit him and and they hanged him up.

Alltudiaeth

Humberto Gatica

Gadewais
fy esgyrn
yn ansicrwydd
y meysydd awyr
Af ar goll
mewn dinasoedd
dan hunllefau
gwestai pruddglwyfus
Ryw nos
mae rhywun yn marw
yn fy mreuddwydion
Dro arall
Ymlidiaf fy ffordd yn ôl
i gerddoriaeth
fy nglawogydd
a'm tirweddau
toredig

Exile

Humberto Gatica

I abandoned
my bones
in the uncertainty
of the airports
I get lost
in cities
under the nightmares
of lugubrious hotels
Some nights
somebody dies
in my dreams
In others
I chase my way back
to the music
of my rains
and my broken
landscapes

o **Stad o Argyfwng**

Soleïman Adel Guémar

Alltudiaeth

1
clywaf arogl
fy ngwlad
yn galw arnaf,
yr eiliad y cefnaf arni.
a bydd bachyn y galon
fel yr anwes gynnes gynta'.

2
wedi dychwelyd o bellafoedd byd
os bydd ichi golli 'ych troedle
yn y gwagle—oedwch;
synfyfyriwch fynyddoedd
hwyrach, y bydd yn gwawrio arnoch…
a holwch fforddolion
pam nad oes diferion
yn y ffynnon?
ac i ble yr â'r lonydd
sy'n dymchwel yn feichus o stond?
os dychwelwch
o'r lle diarffordd,
y mynnaf gredu ynddo,

from **State of Emergency**

Soleïman Adel Guémar

Exile

1
my country
gives off a scent
which calls you by your first name
the moment you turn your back
your heart squeezes
as at your first embrace

2
having come back from so far
if you ever
can't find the way here to us
stop
and contemplate the mountains
you think you know
ask passers-by why
the fountain's dry
where these paths go
that drop into exhausted commas
if ever
you come back from as far
as my daring takes me

43

Gŵyl y Blaidd

pwy a ŵyr,
na allwn, ryw ddydd gyd-gerdded
Wrth erchwyn sawl dibyn

3
Cof yw fy lleuad lawn;
llawr-len, ar fin ehedeg.

cyfieithwyd gan
Menna Elfyn

44

we'll walk together
one day maybe
beside precipices

3
my lunar memory
has woven flying carpets

translated by
Menna Elfyn

Tân Llawenydd

wlad a waedwyd yn sych
a lofruddiwyd yn ddi-baid
a roddi di fyth enedigaeth
i'r plentyn a ddisgwyliaf gennyt

Fire of Joy

land bled dry
murdered unceasingly
will you ever give birth
to the child I'm expecting of you

Gŵyl y Blaidd

a'm dwylo mewn pocedi
roeddwn i'n cerdded ar hyd y rue Ben M'hidi
diwrnod o smwclaw gyda'r heulwen
yn tasgu rhwng y cymylau
doedd dim angen
ymbarél
car
nac oed cariadon
er mwyn bod yn hapus
dim ond eisiau yfed
paned o goffi du ger y porthladd
a syllu allan ar y môr
ond y diwrnod hwnnw
roedd llongau yn yr harbwr yn cuddio'r gorwel
roedd brain yn crawcian ar y toeau
a dwndwr annelwig yn codi o'r dref

doedden nhw ddim eto wedi tanio at y dorf

The Festival of the Wolf

hands in my pockets
I was walking along the rue Ben M'hidi
it was a day of mizzle and the sunlight
was spurting out between the clouds
I had no need
of umbrella
of car
of lovers' tryst
to be happy
I simply wanted to drink
a cup of black coffee near the port
and gaze out facing the sea
but that day
ships in the harbour hid the horizon
crows were cawing on the rooves
a vague rumour was rising from the town

they hadn't yet fired on the crowd

Mannau Cyfarwydd

ar y mur
gwaed yn sychu

mae'r plentyn datgymaledig
yn gorwedd ger ei mam
– gwallt hir du del –
wedi ei chalcheiddio, bron,
yn ei ffrog flodeuog

ar y ffordd
gweddillion cyrff
wedi'u chwyddo gan wres
wedi'u bwyta gan anifeiliaid

yng ngolygon y rhai a ffoes
mae rhyw gysgodion
yn hwylio

a'r mwg yn dal i godi
o'r maes a losgwyd

daeth angenfilod heibio fan hyn

Known Places

on the wall
blood drying

the child disarticulated
lies beside her mother
– long black hair pretty –
half calcified
in her flowery dress

on the road
remains of bodies
swollen by heat
eaten by animals

in the looks of those escaped
certain shadows
sail

the burned field
still smoking

here monsters passed

Gégène

y llygaid colledig hyn
y penglog eilliedig hwn
y dannedd toredig hyn
y trwyn hwn sy'n gwaedu

mae'r corff noeth hwn
yn eistedd
ar wddw potel

Gégène

these lost eyes
this shaven skull
these broken teeth
this nose which bleeds

this naked body
is sat
on the neck of a bottle

Teyrnged

o'r diwedd bydd modd imi dy garu hyd y wawr
dileu o'th lygaid y nosweithiau llesg di-ddyfnder
a dreuliaist yn aros amdanaf wrth erchwyn ein breuddwydion
tra ar ddaear laith rhyw gell carchar yn rhywle
ym myd dynion chwaraeai'r pryfed cop â'm gwallt

Homage

at last I'll be able to love you until the dawn
erase from your eyes the languid depthless nights
spent waiting for me at the bedside of our dreams
while on the damp earth of a prison cell somewhere
in the world of men spiders played with my hair

Tristwch Rhyfel – Le Chagrin de la guerre

Aimé Kongolo

Pagaille, confusion et impudique guerre mauvaise.
Ô, guerre mauvaise!

Celanedd, chwalfa, a digywilydd ryfel ffiaidd.
O, ryfel ffiaidd!
Ymhle y mae fy nhad?
O deulu gwiberod!
Ymhle y mae'r diniweidiaid?
Cymeraist hwy heb yr un addewid.

Pam yr wyt ti mor anghall?
Ti sy'n eu plannu, y diniweidiaid, yng ngardd marwolaeth –
Paham gwnaethost fi mor drallodus?
Cymeraist hwy ar daith dragwyddol
Heb edrych yn ôl
Gan wybod mai chwilio am y tad yw bywyd pob plentyn.

Pa bryd y diwellir dy newyn milain?
Y newydd-anedig hyd yn oed, fe ddeui a'u cipio'n ddi-baid.
Melltigedig fyddych, a'n geilw i'r wledd honno –
Ti lofrudd diniweidiaid.

O ryfel, i ba le gwnaethost ti eu cymryd?
Gadewaist fi heb ddim ond galar.
I ba le gwnaethost ti eu tywys?
Tyrd â nhw'n ôl drachefn, ar hyd y llwybr hir hwn,

The Grief of War – Le Chagrin de la guerre

Aimé Kongolo

Pagaille, confusion et impudique guerre mauvaise.
Ô, guerre mauvaise!

Shambles, confusion and shameless, vile war.
O, vile war!
Where is my father?
O, family of vipers!
Where are the innocents?
You took them with no pledges.

Why are you so senseless?
You who plant them, the innocents, in a garden of death –
Why did you make me so wretched?
You've taken them on an eternal journey
Without looking back
Knowing that each child's life is a search for the father.

When will your raging hunger be satisfied?
Even the new-borns, you come and take them constantly.
Accursed be you who call us to that feast –
You killer of innocents.

O war, where have you taken them?
You have left me only grief.
Where did you lead them?
Bring them back once more onto this long path,

Ar hyd y ffordd ddynol hon y cludwn ein dioddefaint hyd-ddi,
Ein blinder a'n newyn diddiwedd.

Gwae'r rhyfelwyr sy'n difrodi ein dyddiau.
Er gwaetha'r bomio a'r daeargryn,
Cerdded wnaethom, wedi inni ddioddef.
Deuwch â nhw at y ffordd ansicr hon lle y dioddefwn o'n hanfodd
Ffordd lawn cenfigen, eiddigedd, casineb ac anobaith.
Anobaith a'n gwna yn anabl i fyw, yn anabl.

Ti sy'n rhwystro'r diniweidiaid rhag byw –
Ti sy'n eu rhwystro wrth iddynt gerdded y ffordd ansicr hon –
Ar y llwybr hwn drwy fydysawd didostur o frwydro mileinig –
Y gyllell yn rhy aml yn y cefn, y fforddolion diniwed yn brae rhy hawdd,
A'r cyfan a anedli, a'r cyfan a weli, yn ddim ond galar, poen
A gwaed ar ddynol waed.

*Et tour ce qu'on respire et qu'on voit n'est que douleur, chagrin
Et les sangs humains.*

58

Onto the human road along which we carry our sufferings,
Our tiredness and our hunger each without end.

Woe to the warriors who ruin our fates.
Despite the bombardments, the earthquake,
We walked after we had suffered.
Bring them onto this unsure road where we suffer unwillingly
And where there is jealousy, envy, hatred and despair,
Despair which makes us unable to live, unable.

You who inhibit the innocents in living –
You who inhibit them as they walk on this unsure road –
On this path through a pitiless universe of brutal conflict –
Stabs in the back too common, innocent passers-by too easy prey,
And all one breathes and all one sees is only pain, grief
And blood upon human blood.

Et tout ce qu'on respire et qu'on voit n'est que douleur, chagrin
Et les sangs humains.

Y Pwyllgor Testun

Abdallah Bashir-Khairi

Mae'r belen sgwrs yn bowndio rhwng y tri ohonynt dros ac o dan arwyneb sgleiniog, caboledig y bwrdd gwydr. Weithiau maen nhw'n cyfnewid ieithoedd. Ar bob tu, gorwedd ffeiliau, achosion llys ffug, trawsgrifiadau o sesiynau holi gyda phobl sydd heb eu geni eto, cyhuddiadau yn erbyn eraill a fu i bob pwrpas yn farw ers degawdau. Dyma swyddfa a chadarnle'r 'gwrthryfel' a lansiwyd ganddynt, yn sydyn, er mwyn cyflawni'r hyn a alwant y 'dasg fwya sanctaidd': sef puro'r holl wlad o eiriau nad ydynt yn 'weddaidd nac yn addas'. Swyddfa ddelfrydol yw hi, wedi ei sefydlu mewn treflan ddelfrydol, neu felly yr haerodd y cynrychiolydd swyddogol yn ei araith agoriadol.

Mae llygaid yn siglo mewn socedi, yn dilyn y belen sgwrs, yn ei chyfeirio a'i meddiannu. Cwestiwn dadleuol yw sesiwn heddiw. Felly, trwy dawelwch cyfrwys grefftus, trwy lywio amneidiau, trwy droi'r pen yn fanwl-ofalus, a thrwy holl gymhlethdodau bychain iaith y corff, gobeithir cuddio negeseuon dirgelaidd pwysfawr a thrwy hynny gynorthwyo'r belen i dorri drwy ddrysfa gudd o absenoldeb llafar, tra'n ei gadael yn rhydd o unrhyw farciau amlwg o gynllwyn. A pha ryfedd, gan fod y tri dyn disglair sydd yn rowlio'r belen hon yn chwedlonol am eu cyfrwystra bob un. Y nhw, fel y dywedodd yr araith agoriadol honno fwy na degawd yn ôl, yw 'y dynion gorau am y dasg bwysfawr orau.'

Mae paneidiau o goffi a lluniaeth arall yn llonni cysgodion enciliol y canol dydd, ond eistedd y maen nhw o hyd, yn syth, a barnu wrth eu safonau nhw, gan geisio lle ar y bwrdd ar gyfer y teulu newydd o wydrau sy'n cael eu cario i mewn ar hambyrddau arian, y mae eu llewyrch yn hudo meddyliau'r gwylwyr. Maen nhw wir angen

The Text Committee

Abdallah Bashir-Khairi

The ball of talk is bounced between the three of them over and under the polished, shining surface of the glass table. Sometimes they swap languages. All around lie dossiers: fabricated trials, transcripts of interrogations of persons as yet unborn, denunciations of others who have been as good as dead for decades. This is the office and guardroom of the 'revolution' which they launched, suddenly, in order to accomplish what they call a 'most sacred task': to purify the whole realm of words of all that is not 'gentle and becoming'. It is an ideal office, set up in an ideal township, or so the official representative proclaimed in his inaugural speech.

Eyes roll in sockets, following the ball of talk, directing and possessing it. Today's session is a 'point of departure'. So, slyly skilful silence, manipulations of gestures, turns of heads, all of the subtleties of body language hope to conceal important secretive exchanges and thus to help the ball take short-cuts through a clandestine maze of expressive absence, while leaving it free of any apparent marks of conspiracy. And no wonder, for the three eminent men who are rolling this ball are all legends of craftiness. They are, as that inaugural speech put it more than a decade ago, 'the best of men for the best of weighty tasks'.

Cups of coffee and other refreshments surprise the receding shadow of noon, but still they sit, by their standards, straight, and solicit a place on the table for the new family of glasses now being carried in on silver trays, the gleam of which bewitches the beholders' minds. They are indeed in need of these digestifs, for the

y digestif yma, gan mai cyfoethog a helaeth fu'r borebryd, ac y mae dadl boeth newydd ddod i ben. Eiliad yn unig ynghynt, gorffennodd meistr y tribiwnlys ei grynhoad celfydd o'r drafodaeth hyd yn hyn. Gosododd iddo'i hun, ers talwm, y dasg o ysgrifennu'r adroddiadau delfrydaidd yn gwrthod caniatâd ar gyfer unrhyw destun a fethodd â'i gyfyngu ei hun i gynghorion llythrennol y drefn swyddogol. Yn yr adroddiad heddiw, mae'r meistr wedi rhagori drwy lwyr ddinistrio'r tair elfen: gorffennol, presennol, dyfodol. Dadadeiladodd beiriant amser, follt wrth follt, gan droi ei olwyn yn ôl at ddyddiau ofergoel. O, ie, meistr o'r iawn ryw!

Mae golygon eu wynebau yn ymlacio fel yr â amser heibio, ac fel yr encilia'r cysgodion. Canys y maent wedi gorffen tasg anodd y dydd yn y modd perffeithiaf posib. Am dribiwnlys o gedyrn yw'r rhain. O ie, gwir ddisgynyddion Sibawayh. Mor ddyfeisgar ydyn nhw yn cywiro testunau fel na fedr hyd yn oed y frân a dramwya wybren y dreflan ddianc rhag rhwyd fain eu gramadeg. Yn wir, fe fyddai brân o'r fath yn cael ei gorfodi i'r llawr, yn cael ei siwt hedfan wedi ei rhwygo oddi arni a'i darnio; byddai hyd yn oed yn colli ei pharasiwt, pe bai'n gwisgo un. Byddent yn dweud wrthi: "'Crawc'" yw hi, nid 'Crowc'!"

I'r ieithgwn gormesol rhaid talu dyled holl dreth-y-pen ein lleferydd. Drwyddyn nhw yn unig y mae modd i bob testun fynd, ac ni chywirir dim ond gan eu pwyllgor hwy.

Taranant fod yn rhaid i awdur y ddrama *Ceiliog Al Hajja Bahana* sillafu'r teitl yn wahanol. Ac ychwanegant, mewn goslef gyfrwys-awgrymog: "Beth yr ydych chi wir yn ei olygu wrth ddweud Ceiliog Al Hajja Bahana beth bynnag? A phwy sydd gennych mewn golwg, eh?!" Cyn iddo ateb y cwestiwn hwn, dywed y meistr yn drahaus: "Gadewch y testun yma inni gael cywiro'r gwallau iaith sydd yn rhemp ynddo. Ewch, a pheidiwch â dychwelyd nes

breakfast meal was rich and sumptuous, and a heated encounter is just behind them. Only a moment before, the maestro of the tribunal concluded his smart summing-up of the exchange so far. He assigned to himself, long ago, the task of writing the idealising reports refusing permission for any text that fails to restrict itself to the literal precepts of the official dispensation. In today's report, the maestro has outdone himself by utterly demolishing the three elements of time past, present and future. He has deconstructed the machine of time, bolt by bolt, and turned its wheel back to the days of superstition. Oh yes, a true maestro!

Their facial expressions relax with the passing of time and the receding shade. For they have completed the day's task to the utmost perfection. They are a tribunal of mighty ones, oh yes, true descendents of Sibawayh. So ingenious are they in correcting texts that not even a crow that traverses the township's heavens and cries out 'ka!' can escape the tight net of their grammar. Indeed, any such crow would be forced down to the ground and have his flying suit stripped off and torn to shreds; he'd even be shorn of a parachute, if wearing one. They'd tell him: "It's 'kaw', not 'ka'!"

To these oppressive adepts are due the poll-taxes of speech. Through them alone all texts must pass, and none may be corrected except by their committee.

They thunder that the writer of the play *The Cock of Al-Hajja Bahana* must spell the title differently. And they add, in an insinuating tone: "What do you really mean by the cock of Al-Hajja Bahana, anyway? And who do you mean, eh?!" Before he answers this question himself, the maestro says haughtily: "Leave the text here with us to correct the linguistic errors with which it is no less than rife. Go and don't come back until we summon you!" This is how the Tribunal Committee for Textual Rectification, known as

inni eich galw atom." Dyma sut y mae'r Pwyllgor Tribiwnlys er Cywiro Testun – a adwaenir, yn fyr, fel y Pwyllgor Testun – yn rhedeg ei fusnes. Ac yn wyneb nifer cynyddol o destunau, mae'n ymdrechu i 'gyfyngu ar y ffenomen', a dyfynnu ymadrodd crefftus y meistr peniog, drwy ymestyn ymhellach rychwant ei bwerau, sydd, i bob pwrpas, yn ddiderfyn.

Yn fuan, mae'r dramodwyr, yn ysgrifennu o brofiad byw, wedi llenwi ffeiliau'r Pwyllgor Testun gyda'u golygfeydd nes eu bod yn gorlifo. Ond mwy erchyll fyth yw tynged y beirdd! Dim ond cerddi bach sur a phwdr a gyhoeddir gan y papurau newydd, lindysau dienaid o gerddi, yn crynu rhag y dymestl.

Anfona rhai eu gwaith yn ôl i'r famwlad, o'u halltudiaeth. Ond mae'r Pwyllgor Testun yn cau i lawr unrhyw dŷ cyhoeddi sy'n mentro rhoi gwrandawiad i'r llenorion hyn. Mae'r meistr yn eu ffieiddio fel 'gwallgofiaid'. Mae'n dadlau'n danbaid mewn cyfweliad teledu bod y 'cymeriad' a ysgrifennodd y nofel 'honedig' *Y Crwydryn*, yn tynnu ei syniadau o'r Dirfodwyr Ffrengig. "Ble mae ein Treftadaeth Genedlaethol ni yn y testun beiddgar hwn o'i eiddo? I'r diawl ag ef, yr heretic gwallgof."

Ac am y bardd a gyhoeddodd y ddau gasgliad *Y Rhosyn yn yr Hwyr* a *Paham na Ddychwela'r Ymfudwyr*?- dywed y meistr fod ei odlau heb fydr iddynt, hynny yw, heb fod yn gymesur fel adeilad cadarn-ei-saernïaeth. A beth sy'n waeth, meddai'r meistr, mae ei lawysgrif yn erchyll!

Fore trannoeth, mewn 'defod sagrafennaidd' mae'r Pwyllgor yn llosgi pob testun gan aelodau'r Gymdeithas Lenyddol, yn cau eu canolfan ddiwylliannol i lawr, ac yn penodi bwrdd golygyddol newydd ar gyfer eu cylchgrawn diwylliannol. Symudir y ganolfan ddiwylliannol i safle newydd, allan o'r golwg, lle y medrant fwynhau arteithio'r cylchgrawn i farwolaeth.

the Text Committee for short, runs its affairs. And faced with ever increasing numbers of texts, it strains towards 'containing the phenomenon', in the impressive phrase of the brainy maestro, by further extending the reach of its effectively unlimited powers.

The playwrights, writing from living experience, have soon filled the Text Committee's files to overflowing with their scenes. But the fate of the poets is yet more grievous! The newspapers publish only sour and rotten little poems, miserable caterpillars of poems, scrunched up for fear of the tempest.

Some send their writings back to the homeland, from exile. But the Text Committee closes down any publishing houses that even give these writers the time of day. The maestro abhors them as 'lunatics'. He vehemently argues in a television interview that the 'character' who wrote the 'so-called' novel *The Wanderer* draws his ideas from the French Existentialists. "Where is our National Cultural Heritage in this audacious text of his? Damn him, the deranged heretic!"

As for the poet who published the two collections *The Rose at Evening* and *Why do the Emigrants not Return*? – the maestro says that his rhymes aren't metrical, that is, not symmetrical like a well-constructed building. And what's more, the maestro adds, his handwriting is very bad!

The next morning, in a frenzied 'sacramental ritual', the Committee burns all texts by members of the Literary Society, closes down that group's cultural centre, and appoints a new editorial board for the group's cultural magazine. The cultural centre is moved to a new site, out of sight (and out of mind), where they can enjoy torturing the magazine to death!

Short excerpts from texts by members of the group are broadcast on state television, accompanied by official warnings like those on

Darlledir darnau bychain o destunau'r aelodau ar deledu'r wladwriaeth, ynghyd â rhybuddion swyddogol fel y rhai a geir ar becyn sigaréts, a chyda lluniau wedyn o aelodau'r Pwyllgor yn chwerthin wrth daflu, fel gramadegwyr medrus, y belen sgwrs o'r naill i'r llall.

Nodyn

Mae "Pwyllgor Testun" neu "Bwyllgor Tribiwnlys er Cywiro Testun" o ddifri'n gyfrifol am sensoriaeth yn Swdan. Unwaith fe'i rheolid gan artistiaid a llenorion, ond ers i'r fyddin gipio grym yn 1985 a 1989 a chyfraith Shariah Islamaidd gael ei gorfodi ar y wlad, fe ddefnyddiwyd y pwyllgor fel arf gormes gwleidyddol. Roedd Sibawayh, "Y Ffonolegydd," yn un o'r ysgolheigion Arabeg mawr cynnar (8fed ganrif O.C.). Bu i'r ddrama boblogaidd, **Ceiliog Al Hajja Bahana,** *gan Adel Ibrahim, wir dramgwyddo'r sensorwyr. Mae* **Y Crwydryn** *yn nofel anghyhoedd gan gyfaill i'r awdur, tra bod y gweddill o'r gweithiau llenyddol yn ddychmygol. Seilir y "Gymdeithas Lenyddol" yn y stori ar Gymdeithas Dyniaethau Swdan a gyhoeddodd y cylchgrawn* **Horouf** *(Llên) yn 1988–9 hyd nes i'r wladwriaeth eu cau nhw i lawr. Cafodd un o erthyglau'r awdur, a oedd i fod i'w chyhoeddi yn y cylchgrawn, ei hatafaelu a'i defnyddio yn ei erbyn wrth ei groesholi. – TC*

packs of cigarettes, followed by the appearance of the Committee's members laughing while they toss, like adept grammarians, the ball of talk between themselves.

Note

A "Text Committee" or "Tribunal Committee for Textual Rectification" really is responsible for censorship in Sudan. It was once controlled by writers and artists, but since the military coups of 1985 and 1989 and the imposition of Islamic shariah law, the committee has been an instrument of cultural political oppression. Sibawayh "the Phonologist" was a great early scholar of the Arabic language (8th century AD). The popular drama **The Cock of Al-Hajja Bahana**, *by Adel Ibrahim, really did fall foul of the censors.* **The Wanderer** *is an unpublished novel by a friend of the author, and the other literary examples are invented. The "Literary Society" of the story is based on the Sudanese Society for the Humanities, which published the magazine* **Horouf** *(Letters) in 1988–9 until the regime closed them down. One of the author's articles, due to have been published in the magazine, was confiscated and used against him in his interrogation. – TC*

Y Milwyr yn Lladd y Bobl Dda

Andy Hyka

Un diwrnod poeth, roedd y brenin eisiau cael adeiladu ei
wyneb gyda chreigiau a doedd ganddo neb i wneud y gwaith.
Dyma'r milwyr yn dweud wrth y brenin: Wnawn ni chwilio
am rai i'w adeiladu e ichi. Gwnaeth y milwyr
gael rhai pobl dda, a dechreuon nhw adeiladu
wyneb y brenin. Gwnaeth y milwyr ladd pawb oedd ddim
yn gweithio. Gwelson nhw ddyn yn gorffwys ar y llawr,
a gwnaeth y milwyr ei saethu e.

The Soldiers Killing the Good People

Andy Hyka

One hot day the king wanted to build his face with rocks
and he didn't have anybody to build it. The soldiers
said to the king: We will go and look for some
people to build it for you. The soldiers
found some good people and they started
to build the king's face. The soldiers killed
anybody who wasn't working. They saw
a man resting on the ground
and the soldiers killed him.

Mudera

Cyflwynedig i holl ffoaduriaid a cheiswyr lloches y D.U.

Alhaji Sheku Kamara

Ddoe cefais fy neffro o'm cwsg gan fomiau a sŵn gynnau'n atseinio drwy fy nhref i gyd. Gwelais bobl yn rhedeg i bob cyfeiriad, yma ac acw, i'r chwith ac i'r dde, i'r dwyrain ac i'r gorllewin. Gwelais rai'n cael eu lladd, rhai yn cael eu hanafu, a gwragedd a menywod ifanc yn cael eu treisio.

O! yr atgof chwerw am geraint a gollwyd ac am ddynion arfog, oedd yn honni ein hamddiffyn, yn gorfodi rhyw, yn lladd eu pobl eu hunain ac yn eu gorfodi i garu gerbron baril gwn.

Bwm! Bwm! Pow! Pow! Parhau yr oedd y bomiau a'r gynnau, a phobl yn rhedeg am eu bywydau Nofiodd rhai fel pysgod o un rhan o'r afon, oedd yn wenwynig, i'r rhan ddiogel. Ond gwaeth na'r dyn a wenwynodd y rhan honno o'r afon yw'r sawl sy'n gorfodi'r pysgod i fynd yn ôl.

Coch! Coch! Coch! Mae'r holl wlad wedi ei pheintio'n goch â gwaed dynol. Poeth! Poeth! Tân yn llosgi tai ac eiddo pobl, tân poeth iawn a gyneuwyd gan y gweilch, fel ffermwyr yn llosgi'r goedwig i ddechrau amaethu.

Roedd y cymylau wedi eu gorchuddio gan fwg, rhedodd pobl am eu bywydau. Hedfanodd rhai fel adar o goeden ar dân at un ddiogel. Ond llofrudd yw'r sawl sy'n dal aderyn, a thocio'i adain a'i anfon yn ôl at y goeden danllyd. A dienaid yw'r eryr mawr cryf a ymlidiodd yr aderyn bach heddychlon o'i nyth gan ei adael yn ddigartref.

Mudera

Dedicated to all refugees and asylum seekers in the UK

Alhaji Sheku Kamara

Yesterday I was woken from my sleep by bombs and gunfire all over my home town. I saw people running up and down, here and there, left and right, east to west. I saw some killed, some injured, and women and young girls raped.

O! the bitter memory of loved ones we have lost and of forced sex by gunmen who claimed to defend us, but killed their own people and forced them to make love at gunpoint.

Boom! Boom! Po! Po! The bombs and gunfire continued, people ran to save their lives. Some swam like fish from one part of the river that was poisoned to the safe part of the river. But he who forced those fish to go back where they came from is worse than he who poisoned that part of the river.

Red! Red! Red! The whole country is painted red with human blood. Hot! Hot! Fire burning people's houses and property, very hot fire lit by the hawks, like farmers burning the forest to start farming.

The clouds were covered by smoke, people ran to save their lives. Some flew like birds from a burning tree to a safe one. But he who caught a bird and plucked its wings and sent it back to that burning tree is a murderer. And that big strong eagle who chased that little peaceful bird from its nest and left it homeless is heartless.

O! poor bird flying from east to west searching for a tree to pass

O! Aderyn druan yn hedfan o'r dwyrain i'r gorllewin gan chwilio am goeden i dreulio'r noson, paid â phoeni, waeth pa mor hir mae'n bwrw glaw neu eira, rhaid i'r haul ddisgleirio eto a sychu dy ddillad gwlyb a chynhesu dy gorff. Wedyn bydd modd iti ddiolch i'r hollalluog Dduw a'r holl bobl dda a'th helpodd di.

the night, don't worry, no matter how long it rains or snows the sun must shine again and dry your wet clothes and keep your cold body warm. Then you will be able to thank almighty God and all the good people who helped you through.

Y Crocbren

Hamira A. Geedy

Roedd Siamak yn barod i adael ei deulu. Edrychodd ar ei frawd Mansore a gofynnodd: "On'd wyt ti eisiau dod gyda ni?" "Na," atebodd Mansore, "Rwy'n caru Jaleh. Rwy' eisiau ei phriodi. Ac mae'n rhaid i rywun ofalu am ein mam a'n brawd bach." Cusanodd Siamak Mansore a gadael. Roedd Mansore eisiau cael plentyn a theulu da gyda'i gyfnither Jaleh. Dim ond deg oed oedd Khosrow bach.

Roedd Siamak gyda'r Peshmerge. Credai mewn cyflog cyfartal i weithwyr Cwrdaidd. Wedi'r gwrthryfel Islamaidd, roedd y llywodraeth newydd yn gwrthwynebu cyflogau cyfartal i'r Cwrdiaid. Roedd y rhan fwyaf o bobl yng Nghwrdistan yn perthyn i Blaid Cwrdistan, a wrthwynebai'r llywodraeth newydd. Roeddent am ddweud wrth y llywodraeth newydd fod pobl Gwrdaidd fel pawb arall yn y wlad. Roedd angen ffatrïoedd, ysbytai, ysgolion arnynt. Roeddent hefyd am siarad ac astudio yn eu hiaith eu hunain, yn ogystal ag ieithoedd eraill eu gwlad. Ond gwrthod y dymuniadau yma wnaeth y llywodraeth newydd. Dywedodd y Cwrdiaid: Rydym yn wlad gyfoethog, mae gennym betrol ac wraniwm. Dylid rhannu'r elw rhwng pawb yn y wlad hon. Ond nid oedd y llywodraeth newydd yn derbyn hyn.

*

Un diwrnod dair blynedd yn ddiweddarach, cerdda Mansore i ganol y ddinas i brynu llaeth sych o'r fferyllfa ar gyfer ei faban bach. Mae ceir patrôl y Pasdar, heddlu'r llywodraeth, i'w gweld ymhob man, yn gyrru o amgylch yn chwilio am bobl maen nhw'n credu sydd yn erbyn y llywodraeth newydd. Nid yw Mansore yn

The Gallows-Tree

Hamira A. Geedy

Siamak was ready to leave his family. He looked at his brother Mansore and asked: "Don't you want to come with us?" "No," Mansore replied, "I love Jaleh. I want to marry her. And someone has to care for our mother and little brother." Siamak kissed Mansore and went. Mansore wanted to have a child and a good family with his cousin Jaleh. Little Khosrow was only ten.

Siamak was with the Peshmerge. He believed in equal pay for Kurdish workers. After the Islamic revolution, the new government was against Kurdish equal pay. Most people in Kurdistan belonged to the Kurdistan Party, opposing the new government. They wanted to tell the new government that Kurdish people were like everybody else in the country. They needed factories, hospitals, schools. They also wanted to speak and study in their own language, as well as the other languages in their country. But the new government refused these requests. The Kurdish people said: We are a rich country, we have petrol and uranium. The benefits should be shared among all the people in the country. But the new government did not accept this.

*

One day three years later, Mansore is walking to the city centre to buy dry milk from the pharmacy for his small baby. The special patrol cars of the Pasdars, the government police, can be seen everywhere, driving around looking for people they believe to be against the new government. Mansore is not anxious, because his brother in the Kurdistan Party has gone. They all left the city so that the people would not be in danger. They are staying on the

pryderu, achos mae ei frawd sy gyda'r P.K. wedi mynd. Gadawsant y ddinas fel na fyddai'r bobl mewn perygl. Aros ar y mynydd y maen nhw.

Mae Mansore yn hapus, achos mae teulu da ganddo. Mae ganddo wraig brydferth a merch fach hyfryd, Afsaneh. Ei unig bryder yw ei fam. Mae'n gwybod ei bod hi'n gweddïo ac yn crio bob nos, gan boeni am ei mab Siamak.

Ar ei ffordd i'r fferyllfa, mae Mansore yn gweld ei ffrind ysgol, Mahmood. Cusanant ei gilydd a holi am eu bywydau. "Clywais dy fod wedi priodi," meddai Mahmood, "ac roedd hwnna'n newyddion da i mi. Ond rwy'n methu. Rwy' ar y mynydd yn helpu'r gwrthryfelwyr. Mae fy mam yn sâl ac rwy' ar y ffordd i brynu presgripsiwn iddi." Wrth iddyn nhw siarad, yn sydyn fe stopiodd car yn eu hymyl a daeth pedwar swyddog allan. Arestiwyd Mahmood a'i gymryd i'r car. Syfrdanwyd Mansore. Wedyn daeth dau o'r dynion allan o'r car eto a'i arestio ef hefyd. Cyn iddo allu dweud dim byd, gorchuddiwyd ei ben gyda lliain a chlymwyd ei ddwylo y tu ôl i'w gefn.

*

Fis yn ddiweddarach, roedd mam Mansore yn eistedd yn gwylio'r teledu gyda'i mab ieuengaf a'i chwaer-yng-nghyfraith. "Pum niwrnod ar hugain yn ôl fe welais fy mab yn y carchar," meddai'r fam. "Dywedodd nad oedd erioed wedi gwneud dim yn erbyn y llywodraeth newydd. Roedden nhw'n edrych am Mahmood ac roedd y ddau ohonyn nhw'n agos at y fferyllfa. Dywedodd wrtha' i: 'Dydw i ddim wedi cael cysylltiad gyda'r P.K. erioed, dim ond rhoi pâr o esgidiau i Mahmood unwaith. Roedd Mahmood yn dod o deulu tlawd ac yr oedd y rhan fwyaf o'i ffrindiau ysgol yn ei helpu.'" "Peidiwch poeni, mam," meddai Khosrow, "Mae Mansore yn ddieuog." Atebodd y fam: "Dywedais wrth Mansore: Paid poeni, fy mab, bydd pen y

mountain.

Mansore is happy, because he has a good family. He has a beautiful wife and a lovely little girl, Afsaneh. His only worry is his mother. He knows she prays and cries every night, worrying about her son Siamak.

On his way to the pharmacy, Mansore saw his schoolmate, Mahmood. They kissed each other and asked about their lives. "I heard you were married," said Mahmood, "and it was good news for me. But I have not been able to. I am on the mountain helping the freedom fighters. My mother is sick and I'm on my way to buy a prescription for her." As they were speaking, suddenly a car stopped near them and four officers got out. They arrested Mahmood and took him into the car. Mansore was stunned. Then two of the men got out of the car again and arrested him too. Before he could say anything, his head was covered by a cloth and his hands tied behind his back.

*

One month later, Mansore's mother was sitting watching tv with her youngest son and her sister-in-law. "Twenty-five days ago I met my son in the prison," the mother said. "He told me he had never done anything against the new government. They were looking for Mahmood and they were both near the pharmacy. He said to me: 'I never had any contact with the K.P., just once I gave Mahmood a pair of boots. Mahmood was from a poor family, most of the time his classmates helped him.'" "Don't worry, mother," said Khosrow, "Mansore is innocent." Mother replied: "I told Mansore: Don't worry, my son, the head of the innocent will go under the gallows-tree, but it won't go up."

While they were speaking, the normal programme on the tv was stopped. The announcer said: "Hail to the leader of the Islamic

diniwed yn mynd dan y crocbren, ond chaiff e mo'i godi arno."

Wrth iddyn nhw siarad, daeth y rhaglen deledu arferol i ben. Dywedodd y cyflwynydd: "Henffych i arweinydd y gwrthryfel Islamaidd! Yn awr, bydd dau droseddwr a arestiwyd gan ein swyddogion yn siarad am eu troseddau!" Wedyn daeth arweinydd crefyddol ymlaen a dweud y byddai'r ddau ddyn yn siarad am eu troseddau yn erbyn y gwrthryfel Islamaidd. Dangosodd y teledu Mansore, ond nid oedd yn edrych fel yr un Mansore. Roedd yn denau, yn fudr, ei wyneb yn flewog, a'i lygaid yn fach. Amhosibl oedd credu mai'r un Mansore oedd hwn.

Dywedodd : "Mansore ydw i. Roeddwn gyda'r P.K. Lladdais lawer Pasdar a swyddogion eraill. Dinistriais lawer o danciau cyn i'r fyddin gyrraedd Mahabad. Rwyf bob amser wedi ymladd yn erbyn y gwrthryfel Islamaidd." Wrth i'r dyn nesaf ddod i siarad, sgrechiodd mam Mansore: "Na! Wnaeth e erioed yr un o'r pethau hynny! Aeth e erioed i ffwrdd o'r ddinas am yn hir. Pam mae e'n dweud celwyddau?" Meddai Khosrow: "Gwrandewch ar y bachgen hwn, mam. Dyna Ali. Chwech wythnos yn ôl, cyrhaeddodd byddin y goresgyniad, ac roedd y bobl yn gwrthdystio yn eu herbyn. Y tro hwnnw cymerodd Ali daten o siop a'i thaflu atyn nhw. Wnaeth y Pasdar ei arestio. Rwy'n ei nabod e. Byddai e byth yn mynd gyda'r P.K. Roedd yn astudio yn yr ysgol uwchradd. Mae e hefyd yn dweud celwydd ar y teledu. Dwn i ddim pam."

*

Dridiau wedyn gadawyd i'r fam weld ei mab ar ei ben ei hun, mewn ystafell fach yn y carchar. Yn sefyll yn ymyl ei mab, roedd arni eisiau ei gofleidio, ond nid oedd ef yn gadael iddi. Fe'i dychrynwyd. "Pam? Beth sydd wedi digwydd iti? Pam wnest ti ddweud y pethau hynny ar y teledu? Pryd wnest ti'r pethau hynny? Ble? Pryd wnest ti ladd unrhyw un?" Yn araf, agorodd Mansore ei ddillad a dangos ei frest i'w fam. Roedd ei frest yn llawn swigod a

revolution! Two criminals arrested by our officials will now speak about their crimes." Then a mullah came on and said that these two men would speak of their crimes against the Islamic revolution. The tv showed Mansore, but he did not look like the same Mansore. He was thin, dirty, his face full of hair, with small eyes. No one could believe this man was the same Mansore.

He said: "I am Mansore. I was with the K.P. I killed many Pasdars and other officials. I destroyed many tanks before the army arrived in Mahabad. I have always fought against the Islamic revolution." As the next man came to speak, Mansore's mother screamed: "No! He never did any of those things! He never even went away from the city for long. Why is he lying?" Khosrow said: "Listen to this boy, mother. That is Ali. Six months ago, when the army of occupation arrived, the people were demonstrating against them. That time Ali took a potato from a shop and threw it toward them. The Pasdar arrested him. I know him. He would never go with the K.P. He was studying at high school. He is also lying on tv. I don't know why."

*

Three days later, the mother was allowed to see her son alone, in a small room in the prison. Standing by her son, she wanted to hold him in her arms, but he wouldn't let her. She was shocked. "Why? What has happened to you? Why did you say those things on tv? When did you do those things? Where? When did you kill anybody?" Mansore slowly opened his clothes and showed his mother his chest. His chest was full of blisters and infections in the skin. The surface of the skin had been burned with irons. He said: "I am sorry, mother, I couldn't tolerate this burning." The mother said nothing. She just looked and slowly cried.

Mansore continued: "Ah, mother, while they were burning me,

heintiau ar y croen. Roedd ei groen wedi ei losgi â heyrn. Dywedodd; "Mae'n ddrwg gen i, mam. Roeddwn i'n methu â goddef y llosgi." Ni ddywedodd y fam ddim byd. Dim ond edrych a wnaeth hi, ac wylo yn araf.

Aeth Mansore ymlaen: "A, mam, pan oedden nhw'n fy llosgi, roedden nhw'n dweud wrtha' i: Os gwnewch chi arwyddo beth rydyn ni'n ysgrifennu, os gwnewch chi siarad â'r bobl ar y teledu, byddwch yn iawn yn y carchar. Nawr dydyn nhw ddim yn fy arteithio i ddim mwy. Fel y dywedais wrthoch chi, ac wrth Siamak, dydw i ddim yn arwr. Mae modd fy nhorri i. Dyna pam nad oeddwn i'n gallu bod yn Peshmerge. Rwy'n credu mewn hawliau i'r Cwrdiaid, ond dydw i ddim mor gryf. Nawr mam fe ddylit ti fynd. Rho gusan i fy mabi bach. Roeddwn i'n ei charu hi, a dy garu di, yn eich caru chi i gyd." Daeth dyn i mewn; "Mae'r cyfarfod ar ben. Mae'r amser drosodd." Clymodd ddwylo Mansore a'i arwain allan.

Fore trannoeth am bump o'r gloch, curodd rhywun wrth ei drws. Agorodd hi. Pasdar oedd yno. Rhoddodd fag plastig i'r fam: "Dyma ddillad dy fab. Cafodd ei gosbi ddwy awr yn ôl." Wedyn gadawodd.

*

Roedd Siamak yn eistedd ar graig ar y mynydd. Canol nos oedd hi. Syllodd i fyny at yr awyr glir gyda'r lleuad ddisglair a sêr dirifedi yn ei haddurno. Yn sydyn, ymddangosodd rhywun y tu ôl iddo yn y tywyllwch. "Pwy sy' na?" – "Fi yw dy ffrind, Poola." – "Poola. Pam dwyt ti ddim yn cysgu." – "Mae gen i newyddion drwg iti." – "Ie, Poola, rwy'n gwybod. Maen nhw wedi lladd dau ddyn diniwed arall. All yr awdurdodau ddim ein lladd ni i gyd, felly maen nhw'n lladd unrhyw un. Dwn i ddim pam oedd fy mam bob amser yn dweud yr aiff pen y diniwed o dan y crocbren, ond nad aiff i fyny."

they were saying to me: If you sign what we write, if you speak to the people on tv, you'll be okay in prison. Now they don't torture me any more. As I told you, and I told Siamak, I'm not a hero. I am breakable. That's why I couldn't be a Peshmerge. I believe in Kurdish equality, but I'm not so strong. Now mother you should go. Please give many greetings to my wife and say sorry to her. Please kiss my little baby. I loved her, I loved you, all of you." A man came in: "The meeting is stopped. The time is over." He tied Mansore's hands and took him out.

The next morning at five o'clock, someone knocked on her door. She opened. It was a Pasdar. He gave the mother a plastic bag: "This is your son's clothes. He was punished two hours ago." Then he went.

*

Siamak was sitting on a stone on the mountain. It was midnight. He gazed up at the clear skies with their adornment of bright moon and countless stars. Suddenly someone loomed behind him in the dark. "Who's that?" – "I'm your friend, Poola." – "Poola. Why aren't you sleeping?" – "I have bad news for you." – "Yes, Poola, I know. They have killed another two innocent men. The authorities cannot kill all of us, so they kill anybody. I don't know why my mother always told me that the head of the innocent will go under the gallows-tree, but it won't go up."

Yr Angylaidd Wynebau

William G. Mbwembwe

Y felan, dyna'r gair amdani
Dim llawenydd, mae popeth mor unig
Y gwael, yr hyll a'r drwg mileinig
Felly paid dechrau da fi, achos mae'n gwneud fi'n lloerig.

Ond os taw serch yw hwn, pam gwadu
A pham fy mod i yma heddi?
Mae'n ddrygioni pur pan ti'n gwenu
Pan mae'r plant yn crio ac yn newynu.

"Cawsom ein gwladychu ..." meddai hen gerdd
Y Chimurenga – dyma gamwedd, dyma gamwedd.
Hyd yn oed orfod canu "Pamberi ne" am ein bwyd bob-dydd
Ry'ch chi fel afal gyda gwenwyn yn eich sudd.

Pan does dim pres ry'ch chi'n dweud rhaid siarad
Cawn gynhaeaf gwych – chi'n gwneud imi gerdded.

Rwy moyn gwybod, felly plis wnewch chi ddweud
Sut ych chi'n teimlo o weld hyn i gyd?
A phan chi di bennu a'ch dadansoddiadau. . .
Beth am y plant... yr angylaidd wynebau

Mae Chimurenga (gair Shona) yn cyfeirio at yr ymgyrch yn erbyn coloneiddio. Mae "Pamberi ne"... ("Ymlaen"...) yn gân bropaganda Zanu PF.

The Angelic Faces

William G. Mbwembwe

Melancholy, that's the word
There ain't no joy coz it's all so sad
The evil, the ugly and the very bad
So don't start with me coz this makes me mad

But if it is love, then why do we run away
And why would I be here today?
It is purely evil when you smile
When the children go hungry, and when they cry

"They colonised us …" is an old Chimurenga song
Coz this is wrong, this is so wrong
Even being forced to sing "Pamberi ne" just to get the daily feed
You're like a goodly apple with a rotten inside

When there ain't no cash you say let's talk
Let there be a bumper harvest – you tell me to walk

I wanna know, so tell me pliz
How do you feel when you see all this?
And after you're through with all your analysis …
How 'bout the children … the angelic faces?

Chimurenga (a Shona word) refers to the struggle against colonisation. "Pamberi ne …" ("Forward …") is a Zanu PF propaganda song.

o **Hanes Brenhinoedd Prydain**

Sieffre o Fynwy

*Bu hen gred anhanesyddol fod y Cymry yn ddisgynyddion i Brutus,
un o arweinwyr y ffoaduriaid o Gaer Droia, ganrifoedd cyn Crist;
roedd y camsyniad hwn, a gofnodwyd fel ffaith gan Sieffre o Fynwy
(c. 1090–1155) yn ei lyfr* Historia Regum Britanniae *(Hanes
Brenhinoedd Prydain) ac a seiliwyd, mae'n debyg, ar waith y mynach
o Gymru, Nennius, o'r 8fed Ganrif, yn cael ei dderbyn fel ffaith tan
tua'r ddeunawfed ganrif, ac yn nrama William Shakespeare,* Henry
V *(Act 5, Golygfa 1), mae'r cymeriad Cymreig, Fluellen, yn cael ei
sarhau fel 'base Trojan' fwy nag unwaith.*

*Roedd yr arfer o hawlio 'Brutus' fel cyndad yn rhan bwysig o lawer
o gerddi Cymraeg a fynegodd alar at y modd y collwyd Ynys Prydain
i'r Saeson, ac a broffwydodd fuddugoliaeth drachefn i'r Brythoniaid,
cymaint felly fel y daeth y gair, ar ei ffurf fyrrach 'brut' i fod yn gyfystyr
â phroffwydoliaeth neu gronicl, fel yn* Brut y Tywysogion *a
grybwyllir ar dudalen 109).*

Mae'r darn nesaf hwn, o Hanes Brenhinoedd Prydain, *yn dangos sut
y seiliwyd hunan-ddelwedd y Cymry am ganrifoedd, ar statws ffoadur.
Dywed sut y bu i'r fintai o Gaer Droia ymsefydlu yng Ngâl, ond,
oherwydd gwrthdaro gyda'r Galiaid, iddynt geisio lloches ar yr ynys a
gafodd ei henwi wedyn yn Ynys Prydain. – GD*

Llenwyd Brutus... â phryder, gan fod ei ddynion yn lleihau mewn
nifer bob dydd, tra bod nifer y Galiaid yn cynyddu'n gyson. Roedd
Brutus yn amheus a oedd modd iddo wrthwynebu'r Galiaid ragor,
felly fe benderfynodd o'r diwedd ddychwelyd i'w longau yn holl
ogoniant ei fuddugoliaeth tra bod y rhan fwyaf o'i gymheiriaid o

from **The History of the Kings of Britain**

Geoffrey of Monmouth

There was an old, unhistorical belief that the Welsh were descended from Brutus, one of the leaders of the refugees from the fall of Troy, centuries before Christ. This spurious idea, recorded as a fact by Geoffrey of Monmouth (c. 1090-1155) in his book Historia Regum Britanniae (The History of the Kings of Britain), *and probably based on the work of the eighth- century Welsh monk Nennius, was accepted as history until around the 18th century, and in William Shakespeare's* Henry V *(Act 5, Scene 1), the Welsh character, Fluellen, is insulted more than once as a 'base Trojan.'*

The supposed descent from 'Brutus' was such a central part of many Welsh poems lamenting the loss of the Island of Britain to the English, and prophesying its recapture by Brythonic hands, that it came, in its shortened form 'brut', to be synonymous with a prophecy or a chronicle itself, as in Brut y Tywysogion (*the* Chronicle of the Princes *mentioned on page 109).*

The following passage from The History of the Kings of Britain *shows how the self-image of the Welsh was based, for centuries, on refugee status. It tells of how the Trojans, having settled in Gaul, found themselves in constant conflict there, and sought refuge in what came to be called Britain. – GD*

Brutus was... filled with anxiety, for the number of his men became smaller every day, while that of the Gauls was constantly increasing. Brutus was in doubt as to whether he could oppose the Gauls any longer; and he finally chose to return to his ships in the full glory of his victory while the greater part of his comrades were

hyd yn ddiogel, a chwilio wedyn am yr ynys yr oedd proffwydoliaeth ddwyfol wedi ei haddo iddo. Ni wnaethpwyd dim byd arall. Gyda chydsyniad ei ddynion, dychwelodd Brutus i'w lynges. Llwythodd ei longau â'r holl gyfoeth a gasglwyd ganddo, ac wedyn fe aeth ar fwrdd ei long. Felly, gyda'r gwynt wrth ei gefn, fe aeth i chwilio am ynys yr addewid, ac fe laniodd ger Totnes.

Ar yr adeg honno, enw Ynys Prydain oedd Albion. Yr oedd yn anghyfannedd heblaw am ychydig o gewri. Serch hynny, roedd yn hynod ddeniadol oherwydd lleoliad gwych ei gwahanol ranbarthau, ei choedwigoedd a'r ffaith fod ei hafonydd mor niferus ac yn llawn pysgod; llanwyd Brutus a'i gymheiriaid ag awydd mawr i fyw yno. Wedi iddynt dramwyo'r gwahanol ranbarthau, gyrasant y cewri y daethant o hyd iddynt i ogofeydd yn y mynyddoedd. Gyda chydsyniad eu harweinydd, rhanasant y wlad rhyngddynt ei gilydd. Dechreuasant drin y caeau ac adeiladu tai fel y buasech, mewn byr o dro, wedi meddwl i'r wlad fod yn gyfannedd erioed.

Wedyn dewisodd Brutus yr enw 'Prydain' i'r ynys, oherwydd ei enw ef ei hun, ac fe alwodd ei gymheiriaid yn Frythoniaid. Ei fwriad oedd i'w enw gael ei gadw fel tarddiad yr enwau.

still safe, and then to seek out the island which divine prophecy had promised would be his. Nothing else was done. With the approval of his men Brutus returned to his fleet. He loaded up his ships with all the riches he had acquired and then went on board. So, with the winds behind him, he sought the promised island, and came ashore at Totnes.

At this time the island of Britain was called Albion. It was uninhabited except for a few giants. It was, however, most attractive because of the delightful situation of its various regions, its forests and the great number of its rivers, which teemed with fish; and filled Brutus and his comrades with a great desire to live there. When they had explored the different districts, they drove the giants whom they had discovered into the caves in the mountains. With the approval of their leader they divided the land among themselves. They began to cultivate the fields and to build houses so that in a short time you would have thought the land had always been inhabited.

Brutus then called the island Britain from his own name, and his companions he called Britons. His intention was that his memory should be preserved by the derivation of the name.

o **Canu Heledd a Claf Abercuawg**

Anhysbys

Dyma rai o'r cerddi Cymraeg cynharaf, yn dyddio o ganol y 9fed ganrif. Credir mai tywysoges Gymreig yw Heledd, yn hanu o ardal sydd bellach yn rhan o Swydd Amwythig. Lladdwyd y rhan fwyaf o'i theulu wrth i'r Saeson wthio'r Brythoniaid Celtaidd brodorol i'r gorllewin, gan ddwyn eu tiroedd. Alltud ysgymun, un ai mewn gwirionedd neu mewn modd trosiadol, yw'r llefarydd yn "Claf Abercuawg". Lleolir y gerdd yn nyffryn Dyfi yng nghanolbarth Cymru.

o **Canu Heledd**

Heledd hwyedic ym gelwir
o duw padiw yth rodir
meirch vym bro[dyr] ac eu tir.

Teneu awel tew lletkynt
pereid y rycheu. ny phara ae goreu.
[tru] ar a uu nat ydynt.

88

from **Heledd's Songs and Afflicted, Abercuawg**

Anonymous

*These are among the oldest Welsh poems, dating to the middle of the
ninth century. Heledd is thought to be a Welsh princess from present-
day Shropshire, most of whose family were slaughtered by the
invading English as they pushed the native Celtic Britons westward
and took their lands. The speaker of "Claf Abercuawg" is an outcast
and an exile, literally or metaphorically a leper. The poem is located
in the Dyfi valley in mid Wales. The translations by Jenny Rowland*
(Early Welsh Saga Poetry: A Study and Edition of the Englynion,
1990) *were adapted for this book by TC.*

from **Heledd's Songs**

I am called wandering Heledd.
Oh God, who has taken
My brothers' horses and their land?

Thin the breeze, thick the misery.
The furrows remain; their makers do not.
So piteous that those who were are no more.

Gŵyl y Blaidd

Amser y buant addfwyn
y cerid merched Cyndrwyn
Heledd Gwladus a Gwenddwyn

Chwiorydd am by ddidan
mi ai collais oll achlan
Ffreuer Medwyl a Medlan

Chwiorydd am bu hefyd
mi ai collais oll i gyd
Gwledyr Meysir a Cheinfryd

In the time when they were fair
The daughters of Cyndrwyn were loved:
Heledd, Gwladus and Gwenddwyn.

I had lovely sisters.
I lost them, every one of them:
Ffreuer, Meddwyl and Meddlan.

I also had sisters.
I lost them all together:
Gwledyr, Meisir and Ceinfryd.

o **Claf Abercuawg**

Goreiste ar vrynn a eruyn uym bryt.
a heuyt nym kychwyn.
byrr vyn teith diffeith vyn tydyn.

Llem awel llwm benedyr byw
pan orwisg coet teglyw
haf. teryd glaf wyf hediw.

Nyt wyf anhyet. milet ni chatwaf
ny allaf darymret.
tra vo da gan goc canet.

[...]

Yn aber cuawc yt ganant gogeu.
ar gangheu blodeuawc.
gwae glaf ae clyw yn vodawc

Yn aber cuawc cogeu a ganant.
ys atuant gan vym bryt.
ae kigleu nas clyw heuyt.

Neus endeweis i goc ar eidorwc brenn.
neur laesswys vyg kylchwy.
etlit a gereis neut mwy.

Yn y vann odywch llonn dar.
yd endeweis i leis adar.
coc uann cof gan bawp a gar.

from **Afflicted, Abercuawg**

My spirit craves to sit a long time on a hill,
Not that I will up and go:
My journey now is short, my home desolate.

Piercing the wind in this barren place.
The woods dress in summer's fair colours.
I lie feverish today.

Doing nothing, unaccompanied,
Unable to get out.
The cuckoo is pleased to sing.

[...]

In Abercuawg the cuckoos sing
On flowering branches.
Woe to the listener lying sick.

In Abercuawg the cuckoos sing.
To my heart it is wretched
That one who heard them now hears nothing.

I hear the cuckoo on an ivy-covered tree
And tug at my clothes
In grief for all I loved.

High above the great oak
I heard birds singing there.
Noisy cuckoo, all remember lost loves.

Kethlyd kathyl uodawc hiraethawc y llef
teith odef. tuth hebawc.
coc vreuer yn aber cuawc.

Gordyar adar gwlyb neint.
llewychyt lloer oer deweint.
crei vym bryt rac gofit heint.

Gwynn gwarthaf neint deweint. hir
keinmygir pob kywreint.
dylywn pwyth hun y heneint.

Gordyar adar gwlyb gro.
deil cwydit divryt divro.
ny wadaf wyf claf heno.

Gordyar adar gwlyb traeth.
eglur nwyvre ehalaeth
tonn. gwiw callon rac hiraeth.

Gordyar adar gwlyb traeth
eglur tonn tuth ehalaeth.
a garet ymabolaeth
carwn bei kaffwn etwaeth.

Gordyar adar ar edrywy ard.
bann llef cwn yn diffeith.
Gordyar adar eilweith.

[...]

The Festival of the Wolf

Endless song, full of longings,
Leave-takings, plunging like a hawk:
The loud cuckoo of Abercuawg.

Noisy the birds, damp the valleys.
Moon shines at chill midnight.
Sore sickness makes my heart raw.

Noisy the birds, damp the valleys,
Long the night. What's rare is praised,
And I deserve the reward of age: sleep.

Noisy the birds, wet the shingle.
Leaves fall, the exile's spirits falter.
Tonight I'm sick indeed.

Noisy the birds, wet the shore,
Bright the sky, generous the wave.
Longing withers the heart.

Noisy the birds, wet the shore,
Bright the generous motion of the wave.
What the boy loved, the man longs for again.

Noisy the birds on the highlands of Edrywy.
Loud the cry of the hounds hunting the moor.
Noisy the birds again.

[...]

Llwyt gwarthaf [bryn] breu blaen onn.
o ebyr dyhepkyr tonn.
peuyr pell chwerthin om kallon.

Assymy hediw penn y mis.
yn y westua yd edewis.
crei vym bryt cryt am dewis.

[...]

Alaf yn eu meil am ved.
nyt eidun detwyd dyhed.
amaerwy atnabot amyned.

Alaf yn eu meul am lat
llithredawr llyry llonn cawat.
a dwfyn ryt berwyt bryt brat.

Berwit brat anuat ober.
byda[u]t dolur pan burer.
gwerthu [yr bychot llawer].

Pre ator pre ennwir
pan uarno douyd dyd hir.
tywyll vyd geu. goleu gwir.

Kerygyl yn dirchiuat kyrchynyat kewic.
llawen gwyr odywch llat.
crin calaf alaf yn eilyat.

Hilltop hazy; tip of ash-tree slender.
Shining waves roll out of estuaries.
Laughter is far from my heart.

Today is the end of my month
In this abandoned hostel.
My heart is raw. Fever has me.

[...]

Cattle in the shed, mead in the bowl.
Wisdom avoids strife, patiently
Forging a bond of understanding.

Cattle in the shed, ale in the bowl.
Slippery the paths, fierce the down-pour.
Danger at the ford. Treachery in mind.

Treachery's a mind-made evil.
Grief comes with atonement, swapping
For a little thing, a great one.

So much wickedness.
On Judgment Day
Only the true will shine bright.

Cups are lifted, an enemy defeated,
Men make merry over ale.
The stalks are withered. The cattle in the shed.

Kigleu don drom y tholo.
vann y rwng gr[ae]an a gro
krei vym bryt rac lletvryt heno.

Osglawc blaen derw. chwerw chweith onn.
chwec evwr chwerthinat tonn.
ny chel gnid kystud callon.

[...]

Oed mackwy mabklaf. oed goewin gynran
yn llys vrenhin.
poet gwyl duw wrth edein.

I have heard the heavy wave pound
Loud between the shingle and the beach.
My heart is raw with misery tonight.

The oak-tree tip branches. Bitter tastes the ash.
Sweet the cow-parsley root. Laughing the wave.
My face reveals my heart's distress.

[...]

The leper was a squire, a bold warrior
At a king's court.
May God be kind to the outcast.

o **Dyddiaduron Cymru**

Josef Herman

o Nodiadau o Ddyddiadur Cymru:

[...]

Mae Afon Tawe islaw, Craig-y-Farteg uwchlaw, a rhyngddynt mae tir cyffredin bywyd-bob-dydd, fel ymhobman arall, ond nid oes unlle arall yn fan breuddwydio tebyg...

Un noson ddi-gwsg fe gofiais gymaint yr hoffwn gerdded yn y coedwigoedd tywyll y tu allan i Warsaw. Yno, fe deimlwn yn aml, a minnau'n meddu ar enaid a meddwl, nad oedd angen llawer iawn arall arnaf. Yn ystod y blynyddoedd o berffeithio crefft yr arlunydd fe gollais y teimlad rhyfeddol hwnnw. Bellach, mae wedi dychwelyd...

[...]

Papurau â staeniau melyn, pennau mewn hen gerrig, adfeilion a cholofnau, neu eu gweddillion mewn wybrennau gleision, arwyr cyhyrog mewn marmor, llygaid ysgrifenyddion yn adlewyrchu dyfroedd dymunol amseroedd a fu, cestyll, rhyfelwyr a brenhinoedd. Gwell gennyf anghofio'r cyfan y dysgwyd imi ei edmygu. Gwell gennyf ddechrau gyda phethau byw, nid enghreifftiau. Gwell gennyf aros o fewn yr undonedd dyddiol y mae'n rhaid inni ei oddef a gwneud yr hyn sy'n rhaid imi ei wneud. Dyma lle mae bywyd a chelfyddyd yn cyfuno...

from **Welsh Diaries**

Josef Herman

from Notes from a Welsh Diary:

[...]

The River Tawe below, Craig-y-Farteg above, in between the ground of daily life like anywhere else, but nowhere else such a dreaming place...

One sleepless night I recalled how much I liked walking in the dark woods outside Warsaw. There I often felt that having a soul and a mind I needed little else. In the years of perfecting the painter's craft I lost that wonderful feeling. Now it is back...

[...]

Papers with yellow stains, heads in old stones, ruins and columns or their remains in blue skies, muscular heroes in marble, the eyes of scribes reflecting pleasant waters of past times, castles, warriors and kings. All I was taught to admire I'd rather forget. I'd rather begin with things alive, not examples. I'd rather stay within the everyday monotony we must endure and do what I have to do. This is where life and art integrate...

[...]

Bydd tymor arall cyn hir. Gyda sawl dechrau a sawl diwedd mae bywyd yn prysuro ymlaen. Uchod, adar lawer; ni allaf adnabod eu rhywogaethau; ni welaf ond sigladau adenydd a symudiadau di-sŵn yn yr awyr. Dydd y creu yw pob dydd. [...]

[...]

Ym mhob peth y dirgelwch sydd drech. Bythol newydd yw'r cyfarwydd...

[...]

o "Pentref Glofaol Cymreig":

[...]

Pan mae'r haul yn ymddangos gan euro'r awyr, daw'r strydoedd, sydd fel arall yn llwyd unffurf, yn frown fel copr. Gyda'r nos y digwydd hyn fel arfer, gan fod y dyddiau fel rheol y tu ôl i len o lawogydd araf, yn oer ac yn las fel llwch dur; y math o lawogydd nad ydyn nhw byth yn addo peidio, ac sy'n deffro ynoch deimlad mor ddiobaith ag a wna llwybrau niferus ar drywydd coll. A dweud y gwir rhaid imi ychwanegu mai dim ond ar y dechrau y gwnaethant ddeffro ynof deimlad o ddicter diamynedd. Wedyn, canfyddais, er syndod imi, fod y glawogydd yma yn fwy nag yn rhan o'r awyrgylch cyffredinol. Hwy sy'n gwau'r tapestri rhyfedd o hwyliau y mae bywyd yn y fan hon yn canfod ei drefn ynddo.

[...]

Soon will be another season. With many beginnings and many endings life is hurrying on. High many birds; I cannot recognize their types; I see only movements of wings and soundless shifting in the sky. Each day the day of creation. [...]

[...]

In all things the mystery prevails. Always new the familiar...

[...]

from "A Welsh Mining Village":

[...]

When the sun appears and gilds the air, the streets, otherwise uniform grey, become copper brown. This happens usually in the evenings, for the days are mostly behind a screen of slow rains, cold and blue like steel dust; the kind of rains which never promise to stop, and awake in you a feeling as hopeless as do many roads on a lost track. For the sake of truth I must add that only at the beginning did they awake in me a feeling of impatient anger. Afterwards I discovered to my own surprise that the rains here are more than a part of the general atmosphere. It is they that weave the strange tapestry of mood in which life here finds its order.

[...]

Heulwen yr hwyr yn llathru'r pentref.

Mae Afon Tawe sydd bob amser â dau liw yn fwy nag sydd yn yr awyr – du'r glo a melyn y clai – bellach yn goch.

Cerrig gwynion yn yr afon.

Cerdda gwartheg euraid dros y cerrig.

Mae plant mewn crysau pinc yn hongian ar goed ger y bont.

Glas llachar yw'r bryniau. Drostynt gorwedd cymylau melyn fel pres.

"Dyna chi," meddai dyn wrthyf â thawelwch cyfrinach yn ei lais, "dyna yw bywyd yma; yn llwyd gan amlaf, ond mae diferyn o aur ynddo."

[...]

Mae'r hyn sy'n digwydd i un heddiw yn digwydd yfory i un arall.
[...]

Rhaid i ddynion roi help llaw i'w gilydd.

Mae agosatrwydd yn torri iâ dieithrwch.

"Nid dieithryn ydych chi fan hyn," meddai un wrthyf y diwrnod y cyrhaeddais. Drannoeth fe'm cyfarchwyd fel Joe, a bellach fe'm llysenwyd Joe-bach.

[...]

Roedd hen ddyn, yn grwm fel ffon gerdded gyda'i ben yn pwyso ar ei frest, yn curo wrth ddrws, wedyn wrth ddrws arall, ac felly ymlaen, drws ar ôl drws, drws ar ôl drws. Dim ond ennyd a dreuliai wrth bob drws.

[...]

A sunlit evening glazes the village.
The River Tawe which always has two colours more than the sky –
black of coal and yellow of clay – is now red.
White stones in the river.
Gilded cows walk over the stones.
Children in pink shirts hang on the trees near the bridge.
The hills are bright blue. Over them lie brassy yellow clouds.
"There you are," said a man with the soft voice of secrecy to me,
"such is life here; mostly grey, but there is also a drop of gold in
it."

[...]

What happens today to one happens tomorrow to another. [...]
Men must give each other a hand.
Familiarity breaks the ice of strangeness.
"You're no stranger here," I was told the very day I arrived. A day
later I was addressed as Joe, and now I am nicknamed Joe-bach.

[...]

An old man, bent like a walking stick with his head hanging down
on his chest, was knocking at a door, then at another door, and so
door after door, door after door. At every door he spent but a
moment.
A woman or a man or the two together come to the open door,
listen to the old man, some take the apron to their eyes, others just
nod sadly.

105

Daw dynes neu ddyn neu'r ddau at y drws agored, gan wrando ar yr hen ddyn, cymer rhai'r ffedog i'w llygaid, ni wna eraill ond siglo pen yn drist.

Pan ddaeth yn agosach ataf, meddyliais y noson honno mai'r Gymraeg, mae'n rhaid, oedd unig iaith cerddoriaeth, unig iaith tristwch.

Roedd wedi colli ei fab yn y Dwyrain Pell.

Wedyn ar Bont y 'Teddy Bear' cyfarfum â thair dynes feichiog. Roedd eu siapau'n anferthol ac yn annaearol o brydferth. Ger eu bron edrychai pob Fenws fel merch welw. Byddai Walt Whitman, gan edrych arnynt, yn ailadrodd ei ymadrodd salmaidd: "A dywedaf nid oes un dim mwy na mam dyn."

Siaradai'r tair mam dyn am farwolaeth.

Siaradai'r holl bentref am farwolaeth

[...]

Maent yn aros am farwolaeth.

Dioddefwyr llwch y silica.

Gallwch eu nodi â'ch bys.

Dywedant â gwên drist: "'Bach yn fyr o anadl."

Dyma Ystradgynlais, pentref glofaol Cymreig.

When he came nearer to me, I thought that evening that Welsh must be the only language of music, of sorrow.

He had lost his son in the Far East.

Then on the Teddy Bear Bridge I met three pregnant women. Their shapes were enormous and of unearthly beauty. Near them all Venuses would look but pale girls. Walt Whitman looking at them would repeat his psalm-sounding phrase: "And I say there is nothing greater than mother of man."

The three mothers of man talked of death.

The whole village talked of death.

[...]

They are waiting for death.

Victims of silica dust.

You can pick them out with your finger.

They will say with a sad smile: "A bit short of breath."

This is Ystradgynlais, a Welsh mining village.

Ffoaduriaid o Fflandrys

Ar ddechrau'r 12fed ganrif, bu llifogydd enfawr yng ngwlad Fflandrys, a orfododd i'r trigolion ymgartrefu mewn gwledydd cyfagos. Daeth mintai fawr i Loegr, ond, yn dilyn gwrthdaro gyda'r Saeson, fe'u hanfonwyd nhw gan frenin Lloegr, Harri'r 1af, i ran ddeheuol Dyfed i ymsefydlu yno. Ymhen ychydig, yr oeddent wedi meddiannu rhannau helaeth o'r ardal, gan yrru allan y Cymry brodorol.Y broses hon a greodd yr ymraniad ieithyddol rhwng gogledd a de Sir Benfro, sy'n parhau hyd heddiw. Isod ceir tair ymdriniaeth ar y sefyllfa. Daw'r gyntaf o Brut y Tywysogion, sef cronicl y Cymry brodorol o ddigwyddiadau cyfoes o bwys (gweler tudalen 84 am esboniad o arwyddocâd y gair 'brut'). Daw'r ail gan Gerald de Barri (c 1146–1223) a adwaenir fel Gerallt Gymro, neu yn Lladin Giraldus Cambrensis, bonheddwr o dras cymysg Normanaidd a Chymreig, a hanai o dde Penfro, ac a fu'n glerigwr ac yn ysgolhaig amlwg iawn yn ei ddydd; soniodd am y Fflemiaid yn yr ardal yn ei lyfr **Itinerarium Kambriae** (**Hanes y Daith trwy Gymru**), *a hynny gydag amwysedd a darddai o'i hunaniaeth gymysg ef ei hun. Daw'r drydedd ymdriniaeth o law George Borrow (1803–81) y llenor o Sais a ddysgodd Gymraeg ac a gofnododd ei argraffiadau yntau o'r wlad yn ei lyfr* **Wild Wales** *(1862) a erys yn boblogaidd hyd heddiw. – GD*

Flemish Refugees

Early in the 12th century, widespread flooding in Flanders forced a substantial proportion of the population to seek refuge in neighbouring countries. A large contingent came to England, but, following conflict with the English, the king of England, Henry the First, despatched them to settle in the southern part of Dyfed. In a short while they had taken possession of large tracts of the area, driving out the native Welsh. This process created the linguistic divide between north and south Pembrokeshire which persists to this day. Below are three treatments of the situation. The first is from **Brut y Tywysogion**, *the* **Chronicle of the Princes**, *a native Welsh record of important contemporary events (see page 85 for an explanation of the significance of the word 'brut'). The second comes from Gerald de Barri (c. 1146–1223), known in Latin as Giraldus Cambrensis, or in English as Gerald of Wales. A nobleman of mixed Welsh and Norman descent, from south Pembrokeshire, he was a very prominent churchman and scholar in his day. He tells of the Flemings in Dyfed in his book* **Itinerarium Kambriae** **(The Journey through Wales)**, *and does so with an ambivalence attributable to his own mixed heritage. The third item comes from the hand of George Borrow (1803–81), the English author who learned Welsh and who recorded his own impressions of the country in his book* **Wild Wales** *(1862) which remains popular today. – GD*

Cymerwyd o **Brut y Tywysogion,** *gol. Thomas Jones, Gwasg Prifysgol Cymru, Caerdydd, 1941, t.40*

Blwydyn wedy hyny yr anuoned kenedyl anadnabydus herwydd kenedlaeth adeuodeu heb wybot pa le ydoedynt ynllechu ynyrynys lawer o vlwyndyned ygan henri vrenhin ydyued ac achubeid awnaethant yr holl gantref a elwir ros garllaw aber yr auon a elwir kedyf agyrru ymeith gwbyl or kiwdawdwyr or wlad. ar genedyl hono adathoed o flandrys y wlad y syd garllaw mor brytaen yn ossodedic oachaws goresgyn or mor ywlad ay theruyneu athaflu y tyuod ar draws ytir yny oed diffrwyth yr holl wlad. ac yny diwed wedy nad oed le vdunt ybresswylyaw nac yn aruordir ra ymor nac yny blaeneu rac amylder dynyon yn eu presswylyaw ac na alleint drigaw ygyd wrth hyny ydoeth y genedyl hono y eruyn y henri vrenhin kyfle y vvchedokau ac ybresswylyaw ac yr anuones ynteu wyntwy y ros ac yno etwa ymaent yn trigaw wedy kolli or kiwdawdwyr eu tir.

o Gerallt Gymro, **Hanes y Daith drwy Gymru**

Ond hanodd y bobl hyn o Fflandrys, a danfonwyd hwynt drosodd gan Harri I, frenin Lloegr, i gyfanheddu'r ardaloedd hyn. Pobl gref a grymus, pobl a ddengys yr elyniaeth fwyaf tuag at y Cymry mewn ymgyrchoedd rhyfel parhaus; pobl, meddaf, gyda phrofiad helaeth iawn mewn gweithio gwlân ac mewn masnachu; pobl sydd, yn wyneb unrhyw galedi neu berygl, yn abl i geisio elw ar dir ac ar fôr; pobl a all yn hyfedr hollol droi eu llaw, o bryd i'w gilydd yn ôl

from the **Chronicle of the Princes**

1104. A certain nation, not recognized in respect of origin and manners, and unknown as to where it had been concealed in the island for a number of years, was sent by King Henry into the country of Dyfed. And that nation seized the whole cantref of Rhos, near the estuary of the river which is called Cleddau, having driven off the inhabitants completely. That nation, it is said, came from their country Flanders, which is situated nearest to the sea of the Britons, the whole region having been reduced to disorder, and bearing no produce, owing to the sand cast into the land by the sea. At last, when they could get no space to inhabit, as the sea had poured over the coastlands, the mountains were so full of people that there was not room for everyone to live there because of the number of the people and the scarcity of land. So that nation petitioned King Henry and besought him to designate a place where they might dwell. And then they were sent into Rhos, expelling from thence the true inhabitants, who in this way lost their own country and place from that time until the present.

from Gerald of Wales's **Journey through Wales**

The inhabitants of this province derived their origin from Flanders, and were sent by king Henry I to inhabit these districts; a people brave and robust, ever most hostile to the Welsh; a people, I say, well versed in commerce and woollen manufactories; a people anxious to seek gain by sea or land, in defiance of fatigue and danger; a hardy race, equally fitted for the plough or the sword; a people brave and happy, if Wales (as it ought to have been) had

111

lle ac amser, ar un adeg at aradr, ac ar adeg arall at arfau; pobl neilltuol o ddedwydd a chadarn pe buasai Cymru, fel y gweddai, yn agos i galon ei brenhinoedd, neu pe buasai gwarth eu hanghyfiawnderau yn eu hysbryd ymddial heb ryngu bodd i'w rhaglofiaid, o leiaf, a'i llywodraethwyr.

(o *Gerallt Gymro*, cyfieithiad o'r Lladin gan Thomas Jones, Gwasg Prifysgol Cymru, Caerdydd, 1938, t.83-4)

o George Borrow, **Wild Wales**

Yn y flwyddyn 1108, a'r rhan fwyaf o Fflandrys wedi cael ei boddi gan y môr, daeth nifer enfawr o Fflemiaid draw i Loegr, gan ymbil ar Harri'r Cyntaf, y Brenin oedd ar yr orsedd ar y pryd, iddo osod tiroedd iddynt ymsefydlu arnynt. Anfonodd y brenin nhw i wahanol rannau o Gymru a oedd wedi cael eu goresgyn gan ei farwniaid, neu gan farwniaid ei ragflaenwyr: cymerodd nifer sylweddol ohonynt feddiant o Abertawe a'r cyffiniau; ond fe aeth y rhan fwyaf o lawer i Ddyfed, a elwir yn gyffredinol, ond yn anghywir, 'Penfro', gan gymryd meddiant o'r de-ddwyrain, sef y rhan fwyaf ffrwythlon, gan adael i'r Cymry y gweddill, sydd yn fynyddig ac yn ddiffrwyth iawn.

been dear to its sovereign, and had not so frequently experienced the vindictive resentment and ill-treatment of its governors.

from George Borrow's **Wild Wales**

In the year 1108, the greater part of Flanders having been submerged by the sea, an immense number of Flemings came over to England, and entreated of Henry the First, the king then occupying the throne, that he would allot to them lands in which they might settle. The king sent them to various parts of Wales, which had been conquered by his barons or those of his predecessors: a considerable number occupied Swansea and the neighbourhood; but far the greater part went to Dyfed, generally but improperly called Pembroke, the south-eastern part of which, by far the most fertile, they entirely took possession of, leaving to the Welsh the rest, which is very mountainous and barren.

o **Cân y Ddaear**

Alexander Cordell

Rhwng 1846 a 1850, fe drawyd Iwerddon gan newyn wedi i'r cnwd tatws gael ei heintio. Bu ymateb llywodraeth Prydain yn drychinebus; bu farw llawer o Wyddelod, ac ymfudodd llawer eraill. Daeth nifer fawr o'r ymfudwyr i'r wlad ddrws-nesaf, sef Cymru, gan chwilio am waith yn y porthladdoedd a'r ardaloedd diwydiannol. Eu dyfodiad hwy a osododd y seiliau i'r gymuned Wyddelig yng Nghymru heddiw. Mae croes ym Mynwent Cathays, Caerdydd, yn coffáu dioddefwyr y newyn. Yn y darn dilynol, mae'r nofelydd hanes Alexander Cordell (1914–97) yn portreadu dyfodiad y ffoaduriaid trwy lygaid Cymreig. Y mae'r golygyddion yn ddiolchgar i David O'Leary am roi caniatâd caredig i ddefnyddio'r darn hwn o Song of the Earth, *1969, t. 39. – GD*

Roedd y cei'n llawn Gwyddelod carpiog; dynion a merched yn syth o Abergwaun gyda heidiau o blant, ac yn aros nawr am waith achlysurol ar y cei yn llwytho rheiliau, heb ddigon o nerth mewn ugain ohonyn nhw i godi darn deg-troedfedd, y trueiniaid. Tywyll fel llenni'r gaeaf oedd hi o hyd wrth inni wthio'n ffordd drwy'r Gwyddelod newynog a chlywed llais yn atseinio o'r tywyllwch yn Gymraeg:

'Oes Cymry 'ma?'

'Oes!'

Mr. Ephraim Davies oedd yno, yr asiant, yn sgwennu ar flwch. Gwych o foi, yr asiant 'ma, nid i'w gymharu â Man Arfon, ei is-asiant, oedd yn fasdad brych lle roedd y Gwyddelod tlawd yn y cwestiwn.

'Mostyn Evan a'i dri o feibion,' meddai fy nhad.

114

from **Song of the Earth**

Alexander Cordell

Between 1846 and 1850, Ireland was hit by a disastrous failure of the potato crop, which, combined with disastrous mishandling by the British government, caused widespread starvation and emigration. Many of the emigrants came to the next-nearest country, Wales, seeking work in its ports and industrial areas. Their arrival laid the basis for the Irish community in Wales today. The famine victims are commemorated with a memorial cross in Cathays Cemetery, Cardiff. In the following passage, the historical novelist Alexander Cordell (1914–97) portrays the refugees' arrival through Welsh eyes. The editors are grateful to David O'Leary for kind permission to include this extract from Song of the Earth, *1969, p.39. – GD*

The wharf was thronged with ragged Irish; men and women just come in from Fishguard with droves of children, and now waiting for casual labour on the wharf loading rails, and not enough strength in twenty of them to raise a ten foot length, poor souls. Still as dark as winter curtains as we pushed a path through the hungry Irish and a voice boomed from the darkness in Welsh:
'Any Taffs by here?'
'Aye!'
Mr Ephraim Davies we found, the agent, writing on a box. Excellent, this agent, not to compare with Man Arfon, his sub-agent, who was an unborn bastard when it came to the poor Irish.
'Mostyn Evan and three sons,' said my father. 'Diawch! Breeding, are you? For now, is it?'

'Diawch! Bridio 'ych chi? Am nawr, ie fe?'

'Tri a hanner,' meddai Dewi, yn fy ngwthio fi lan, a safwn gyfuwch â beltiau a boliau, gan weld o'm cwmpas gylch newynog wynebau'r Gwyddelod, yn welw a gwanllyd yng ngolau cynta'r wawr.

'Enw?'

'Bryn Evan.'

'Dyna ichi enw da, Cymreig. Oedran?'

'Un ar ddeg, syr.'

'Paid â galw hwnna arna' i, 'achan — cadw e i'r Saeson.'

'Cyfeiriad?'

'Fifteen Bridge Street, Merthyr.'

'Dyna gymuned ddethol ichi. Addysg, debyg iawn?'

'Fe yw sglaig y teulu, heblaw am Dewi,' meddai Dada. 'Miss Bronwen Rees, a chreithiau chwe-modfedd ar ei bart ôl e i ddangos fod e wedi mynd mewn.'

'Dim byd tebyg iddo,' meddai Mr. Davies. 'Alla'i wneud 'da 'bach o addysg ganddi hi fy hun, pe bawn i'n gallu'i drefnu e. Tair ceiniog yr wythnos yn ychwanegol am ddarllen, sgwennu a 'rithmetic, diolch i Dduw am gyflogwyr hael. Gwaith halio, ie fe, Mostyn?'

'Wnawn ni ddysgu e sut mae'i 'neud e, Ephraim,' meddai Dada. 'Amser yma fory bydd y mul 'na'n bwyta ma's o'i law.'

'Tri swllt a thair ceiniog yr wythnos os mae'n siapo, os nage —ma's! Cawr diwydiannol arall, myn Dduw, i roi'r diawl i'r gweithwyr,' ac fe sgubodd fi mewn gyda breichiau trwchus, gan weiddi, 'Cymry, oes mwy o Gymry?'

'Irish, mister!'

'In the name of the Holy Mother, man, get us in!'

'Away!' rhuodd Ephraim, ei freichiau ymhlyg.

Roedden nhw'n gwasgu o'i amgylch yn eu carpiau, yn dal eu babanod rhynllyd yn ei wyneb, yn ymbil, yn crefu. Gwaeddodd Ephraim:

'Three and a half,' said Dewi, pushing me up, and I stood level with belts and stomachs, seeing above me ringed the starving faces of the Irish, pinched and pale in the first streaks of dawn.

'Name?'

'Bryn Evan.'

'There's a lovely old Welsh name. Age?'

'Eleven, sir.'

'Do not call me that, young man – reserve it for the English. Address?'

'Fifteen Bridge Street, Merthyr.'

'Now there is a select community. Educated, I expect?'

'He is the scholar of the family, Dewi excepted,' said Dada. 'Miss Bronwen Rees, and six-inch stripes on his rear to prove it went in.'

'Nothing like it,' said Mr. Davies. 'And I could do with a bit of education from her myself, if I could manage it. Three-pence a week extra for reading, writing and arithmetic, thank God for generous employers. Hauling, is it, Mostyn?'

'We will teach him the run of it, Ephraim,' said Dada. 'This time tomorrow he will have the hang of the mule.'

'Three and threepence a week if he runs it, if not – out! By God, here is another giant of industry to stick it up the workers,' and he swept me in with thick arms, shouting, 'Welsh, any more Welsh?'

'Irish, mister!'

'In the name of the Holy Mother, man, get us in!'

'Away!' roared Ephraim, arms folded.

They pressed about him in their rags, they held their shivering babies to his eyes, they begged, pleaded. Ephraim cried:

'And would you employ the starving Welsh in Ireland, man?'

'All one nation – Celts.' This from a skinny Irishman, his head black curls, and I pitied him.

'And would you employ the starving Welsh in Ireland, man?'

'All one nation — Celts.' Hyn gan ryw styllen o Wyddel, ei ben yn gyrlau duon, a minnau'n tosturio wrtho. 'Not bloody English, mind—Irish.'

'Then give me English if I am to sink to damned Irish. Who do you think you are, you people — brothers and sisters?'

'Aye, under God.'

Tynnent ar ei lewys; penliniodd menyw o'i flaen. Daeth merch ifanc lan ato, ei gwisg yn garpiau; tua oedran Sharon, a phrydferth o hyd o dan y newyn.

'Take her for wages. We starve, man, we starve!' Plygodd Ephraim Davies ei ben. 'Go and beg of Crawshay, do not beg of me.'

'You damned Welsh swine!'

'And do not blame me — do not even blame Crawshay, you stupid fools. You should have thought of this before you left Ireland!'

Safodd ar y blwch, yn gweiddi, 'Cymry, oes mwy o Gymry ma's 'na?' ac fe godon nhw ger ei fron goedwig o freichiau.

'Dduw'r Nef,' meddai fy nhad, gan fy ngwthio i ymlaen. 'Dwy' eriod wedi gweld shwd gymaint.'

'Y newyn newydd ydy e, Duw a'u helpo,' meddai Dewi.

'Fyddan nhw'n cymryd y bara o'n genau,' sibrydodd Ifor.

'Bydda angen gordd i gael dy fara di,' meddai Dewi.

Llygadent ei gilydd, fel cŵn ar ymladd. Fel hyn yr oedd pethau yn y rhan fwyaf o deuluoedd y dyddiau hyn: un ochr yn rhegi'r asiant am gadw'r Gwyddelod mas, a'r llall yn rhegi Crawshay am ddod â'r Gwyddelod mewn. Dylifant i Drefi'r Blaenau fel dilyw gyda'u llaswyrau a'u dŵr sanctaidd a'u Madonnas bach hyfryd yn pwyso yn y ffenestri bychain sgwâr, a Chalonnau Gwaedlyd yn bymtheg i'r dwsin o fan hyn i Bontypŵl: eu merched godidog â'r gwallt hir du a chroen fel llaeth, o'u bwydo; neu sgrapiau bychain o greaduriaid

'Not bloody English, mind – Irish.'

'Then give me English if I am to sink to damned Irish. Who do you think you are, you people – brothers and sisters?'

'Aye, under God.'

They pulled at his sleeves; a woman knelt before him. A young girl came up, her dress ragged; about Sharon's age, and still beautiful under the hunger.

'Take her for wages. We starve, man, we starve!' Ephraim Davies bowed his head. 'Go and beg of Crawshay, do not beg of me.'

'You damned Welsh swine!'

'And do not blame me – do not even blame Crawshay, you stupid fools. You should have thought of this before you left Ireland!' He stood on the box, crying, 'Welsh, any Welsh out there?' and they raised before him a forest of arms.

'Man in Heaven,' said my father, and pushed me on. 'Never have I seen so many.'

'It is the new famine, God help them,' said Dewi. 'They would take the bread from our mouths,' whispered Ifor.

'They'd need a ten pound hammer to get at yours,' said Dewi.

They eyed each other, like dogs hackled for fighting. It was the same in most families these days: one side cursing the agents for keeping the Irish out, the other cursing Crawshay for bringing the Irish in. Like a flood they were pouring into the Top Towns with their crucifixes and holy water, their lovely little Madonnas propped up in the little square windows, and bleeding hearts were ten a penny between here and Pontypool: their glorious women of the long black hair and peaches and cream, if fed; or little scrags of humans burned out by men and hunger before they were twenty. But work, mind – grant them that – work till they drop, and for a

wedi eu hysu gan ddynion a newyn cyn cael eu hugain oed. Ond gweithio, nawr — chwarae teg iddyn nhw — gweithio nes cwympo, ac am grystyn, nid arian, a hyn oedd y trwbwl, gan eu bod nhw'n torri cyflogau'r Cymry. Ond o gael sofran neu dair yn eu pocedi, yna basdads gwallgof oedden nhw wedyn am y tafarnau a'r clatsio. A chan fod y Cymry heb fod yn brin yn hynny o beth chwaith, yna dyrnu a chicio oedd hi bob nos Sadwrn, yn enwedig wedi'r pae chwech-wythnos, gyda 'Welsh scum' hyn a 'Irish bastard' llall a 'Chapel botherers' yma a 'Popish swines' man 'na, ond y merched, o ba genedl bynnag, gafodd y gwaethaf, fel rheol.

Paid beio'r Gwyddelod newynog, na'r hwrod bach druan yn nrysau Chinatown, meddai fy nhad: beia'r meistri am adael i'r fath amodau fodoli — beia nhw am ddod i mewn â'r balast byw hyn fydd yn gweithio nes bod eu bol ar eu meingefn; beia Guest am y colera a Charlotte am fod dim dŵr glân; beia Hill o Plymouth am gredu mewn byw'n fucheddol tra bod plant yn trengi ar ei drothwy; beia feistri haearn Penydarren a Phontyclun, y Butes o Aberdâr, perchenogion Aberpennar, Hafod, Dinas a Phontypridd — beia'r holl ddiawliaid pwdr o ddwyrain, gorllewin, gogledd a de Morgannwg a Sir Fynwy, a ddaeth i Gymru am arian hawdd ac elw chwyddedig: a beia'r meistri o Gymry hefyd, meddai Dewi, achos nid di-fai mo ninnau chwaith.

Wrth inni adael y Gwyddelod ar y diwrnod gwaith cyntaf hwnnw, gwelais fachgen o Wyddel yn sefyll ar dwmpath, yn fy ngwylio i wrth fynd heibio: tenau fel weiren gaws oedd e, a'i freichiau, noeth hyd yr ysgwydd, yn las gyda'r oerfel. Dim ond fe a finnau oedd yn y byd yr eiliad yna, ac, i godi ei galon, fe wenais a rhoi winc iddo fe. Fel ateb, fe ymsythodd, a'r balchder yn llosgi'n ffyrnig yn ei lygaid. Symudodd ei wefusau.

'Welsh bastard,' meddai.

crust, not money, and this was the trouble, for they undercut the Welsh wages. But once they got a sovereign or three in their belts they were mad sods for the ale-houses and the fighting. And since the Welsh were not backward in this respect, either, it was the fists and boots on Saturday nights, especially after the six-week-pay, with Welsh scum this and Irish bastard that and Chapel botherers here and Popish swines there, though it was the women, any nationality, who usually got the thin end of it.

Blame not the starving Irish, or the poor little harlots on the doorsteps of Chinatown, says my father: blame the masters for allowing such conditions to exist – blame them for bringing in the walking ballast that will work till its stomach is lying on its backbone; blame Guest for the cholera and Charlotte for no decent water supply; blame Hill of Plymouth for his belief in upright living while children withered and died on his porch; blame the iron-masters of Penydarren and Pontydun, the Butes of Aberdare, the owners of Mountain Ash, Hafod, Dinas and Pontypridd – blame the whole rotten lot of them from north to south and east to west of Glamorgan and Monmouthshire who came to Wales for easy pickings and bulbous profits: and blame the Welsh masters also, said Dewi, for we are not blameless.

As we left the Irish on that first day of work I saw an Irish boy standing on a tump, watching me as we passed: thin as a Handel lute, he was, and his arms, bare to the shoulder, were blue with cold. There was only me and him in the world just then, and to cheer him I smiled and gave him a wink. For answer he drew himself up and the pride burned fierce in his eyes. His lips moved. 'Welsh bastard,' he said.

Ffoadur

Gwyn Thomas

Bu dwy brif don o ymfudwyr Iddewig i Gymru. Daeth un ar ddiwedd y bedwaredd ganrif ar bymtheg wrth i'r ymerodraeth Rwsiaidd erlid yr Iddewon o fewn ei thiriogaeth. Daeth nifer o'r Iddewon hyn i Gymru gan sefydlu cymunedau yn y Cymoedd a threfi'r arfordir. Wedyn, yn 1930 bu ail don, wrth i Iddewon ffoi o diriogaeth y Drydedd Reich i osgoi erledigaeth y Natsïaid. Unwaith eto, daeth nifer o'r ffoaduriaid i Gymru. Dau o'r rheiny a goffeir yn y cerddi dilynol. – GD

Yr Athro Bruno Heidegger, ffoadur,
A'i draed fel chwarter i dri,
Yn gweithio yn awr ar eiriadur
Ac yn brysur gyda'r A.U.T.
Ond weithiau bydd gwifrau'n tynnu'n ei ben
Ac emblem yr eryr yn crynhoi trwy ei hun,
Bydd sŵn traed yn troi'r byd yn dridegau,
A daw ofn yn dynn am y dyn.

Mae Herr Heidegger, doethur,
Yn awdurdod ar y dylanwadau ar Proust,
Mae'n sugno pibell, gyrru modur,
Caniatáu hoe iddo'i hun ddiwedd Awst.
Ond o'r nos i isel ysgythru hon ei ymennydd
Daw arswydau llygadwyllt, du;
Bydd sgrechiadau'n clecian trwy'i benglog,
Bydd yn Iddew ar ffo, fel y bu.

A Refugee

Gwyn Thomas

There were two main waves of Jewish migration to Wales. The first came at the end of the nineteenth century as the Tsarist empire persecuted the Jews within its borders. Many of these Jews came to Wales, establishing communities in the Valleys and the coastal cities. Then, in the 1930s, came a second wave, as Jews fled the territory of the Third Reich to escape Nazi persecution. Once again, many of these refugees came to Wales. Two of them are commemorated in the following two poems. – GD

Professor Bruno Heidegger, refugee,
With his feet at a quarter to three.
Working now on a lexicon
And busy with the A.U.T.
But sometimes wires will tighten in his brain
And the eagle-emblem coalesces within,
Footsteps make the world the thirties again
And fear wraps tight around his skin.

Herr Heidegger, the learned doctor,
Is an authority on the influences on Proust,
He sucks a pipe, drives a motor,
Allows himself a break at the end of August,
But in the night to scour his brain stem
Come the screams crashing through his skull,
He will be a Jew in flight, as he was then.

123

Bydd Yr Athro'n codi i lefaru
Yn Senedd y coleg ar dro
I wfftio at y Gymraeg ac awgrymu
Bod cenedlaetholwyr o'u co'.
Ymafla â'i hunllefau ac â'i ofnau
A dwedyd ynddo'i hun, "Ynof y lladdaf y llid,
Y tro hwn mi fydda' i'n un o'r mwyafrif mawr,
Yn saff pan ddaw awr yr erlid."

Yr Athro Bruno Heidegger,
          Ffoadur.

o *Y Pethau Diwethaf a Phethau Eraill* (1975)

The Professor rises to address
The college Senate now and then
To scorn the Welsh language and to suggest
That nationalists are dangerous men.
He grasps his nightmare and his fears
Telling himself, 'In myself I will kill the infection,
This time I will be one of the vast majority,
And be safe in the day of persecution.'

Professor Bruno Heidegger,
          refugee.

Iddewes

Donald Evans

Yma, ar dir y môr dwys, – y tir hwn
     Ger y traeth a'r eglwys;
   Y cwm a'r mynydd cymwys
   Uwchben, mae Belsen ar bwys.

Nid pellter mo'r siamberi – nwy yn awr,
     Na nerth y ffwrnesi;
   Yr holl esgyrn a'r llosgi,
   Ond ar dân yn dy wêr di.

Eu hannwn sy'n dy fynwes – yn orffwyll,
     Nid ar arffed hanes
   Yn oer, y mae'r rhain yn nes:
   Mae eu dig mewn cymdoges.

Yn dy ŵydd goleulawn di, – yn anwes
     Dy wên a thosturi
   D'olygon, a haelioni
   D' aelwyd mae arswyd i mi.

Arswyd y nos a'r gwersyll: – egyr byd
     O 'sgerbydau candryll;
   Y gyllell yn llaw ellyll
   A gwaed yn llifo'n y gwyll.

A Jewess

Donald Evans

Here on this sombre sea's land – this place
       By the church and the strand;
   The vale with fitting headland
   Above, Belsen is at hand.

The chambers are no distance – nor the gas,
       Nor the flames' incandescence;
   The charnel and the violence,
   In your wax their fires dance.

Within your breast is their Hades – madness,
       Not lying in history's
   Cold lap. Far closer are these:
   Their hatred a neighbour breathes.

In your aspect of serenity – the caress
       Of your smile and the charity
   Of your looks, the generosity
   Of your hearth, there is terror to me.

The terror of the night camps comes: – opens a world
       Of shattered skeletons;
   The knives in hands of demons,
   The blood flowing from the wounds.

Ynot, mae lleisiau meinion – goreugwyr,
     Gwragedd a morynion
A phlant dy hil, epil hon
Yn gweiddi dan gigyddion.

Ac mae llais y ffwrneisi – yn rhwygo
     Am ragor o'r rheini
  Yn gynnud i'w digoni
  I'r llwch o'th dawelwch di.

Nid dyfroedd o hud difraw – yn yr haul,
     Nac orielau distaw
  Yw'r bae bellach, mae Dachau
  A'i flys hunllefus gerllaw.

o *Iasau* (1988)

In you, the starved accents – of the best of men
      Of women and infants
   Of the children of your race, their descendants,
   Cry out in the butchers' hands.

And the voice of the furnace – rages
      For more of your race
   As fuel for its malice
   At the dust that's in your place.

And though the water is clear – in the sun
      There's no thoughtless cheer
   To the bay now. Dachau's fear,
   Its nightmare lust – it is here.

Gŵyl y Blaidd

Rama

E. Llwyd Williams

Yn ystod yr ail ryfel byd symudwyd cannoedd o filoedd o blant o ganolfannau trefol i ardaloedd gwledig Prydain i osgoi bomiau'r Almaen. Bu'r Gymru wledig yn lloches i ddegau o filoedd o'r plant hyn – o ddinasoedd Lloegr a Chymru fel ei gilydd – oedd yn ffoi un o'r agweddau mwyaf dychrynllyd ar ryfel modern. Yn y gerdd ddilynol, gwêl y bardd gynsail Feiblaidd i ddihangfa'r diniweidiaid. – GD

(Adeg y Rhyfel, 1942)

Mae'r plant bach o Lerpwl sy'n Arfon
Yn credu, os gwir ydyw'r sôn,
Mai rhes o hen byramidiau
Yw'r bryniau sy'n gwarchod Sir Fôn.

A draw yn nhawelwch hud Dyfed
Dan loches y bryndir a'r pant,
Cewch glywed arabiaid o Lundain
Yn pwlffagan ag iaith Dewi Sant.

Mae heidiau o dref Abertawe
Yn glyd ar dir gwartheg Sir Gâr,
A rhai o Gaerdydd a Chasnewydd
Yn dyrrau yng Nghwm Aberdâr.

130

Rama

E. Llwyd Williams

During the second world war, hundreds of thousands of children were moved from urban centres to rural areas of Britain to avoid German bombing. Rural Wales played host to tens of thousands of these refugees – from both English and Welsh cities – who were fleeing aerial bombardment, one of the most terrifying aspects of modern warfare. In the following poem, the author sees a Biblical precedent for the flight of the innocents. – GD

(Wartime, 1942)

The children from Liverpool in Arfon
believe, if it's true what they say,
that those things aren't mountains but pyramids,
the outlines they see far away.

And down in the enchantment of Dyfed,
protected by hillside and cwm,
you can hear the young arabs from London
struggling with Dewi Sant's tongue.

There are hordes from the city of Swansea
kept safe in Carmarthenshire's fields,
and children from Cardiff and Newport,
find Cwm Cynon's mountains their shield.

A chofiaf wrth feddwl amdanynt
Am rybudd yr angel â'i air,
Yn gofyn i Joseff ymgilio
I'r Aifft, gyda'r Iesu a Mair.

A "llef a glybuwyd yn Rama
Ac wylofain ac ochain mawr."
Mae'r ddaear fel pe bai'n ailadrodd
Yr hanes annynol yn awr;

Ac ni allaf feio plant Lerpwl
Am gredu, os gwir ydyw'r sôn,
Mai rhes o hen byramidiau
Yw'r bryniau sy'n gwarchod Sir Fôn.

o *Tir Hela* (1957)

Their presence here makes me remember
the angel who came down to say
that Mary and Joseph and Jesus
should go into Egypt to stay.

And 'a cry is resounding in Rama –
lamenting and terrible pain.'
The earth seems once more to be living
that inhuman story again.

So I can't blame the children from Liverpool
for thinking, if it's true what they say,
that those things aren't mountains, but pyramids,
on Eryri's horizon today.

Hedyn

Kate Bosse-Griffiths

(I ateb y cwestiwn, sut y gallwn berchen gwreiddiau mewn dwy wlad.)

Hedyn wyf o wlad bell
wedi ei lyncu gan aderyn treigl
wedi ei gludo dros y môr gan wennol
Disgynnodd ar dir newydd ei aredig
a thaflu gwreiddiau

Glaswelltyn wyf ar borfa las
wedi fy mhlygu gan garn defaid
wedi fy nghnoi gan ddant bustach
Tyfais yn gnawd byw
Tyfais yn rhan o Gymru

3-1-1971, Abertawe

A Seed

Kate Bosse-Griffiths

(To answer the question, how could I have roots in two
countries.)

I am a seed from a distant land
Swallowed by a wandering bird
Taken over the sea by a swallow
It descended on newly ploughed land
and threw out roots

I am a blade of grass on green pasture
Bent under sheeps' hooves
Chewed by a bullock's teeth
I grew into living flesh
I grew to be a part of Wales

3-1-1971, Swansea

Au Revoir

Eric Ngalle Charles

Hwn oedd y tro cyntaf
A'r tro olaf siŵr o fod
Iddi golli'r gwaith
Dim ond er mwyn bod gyda mi
Nid edrychodd i'm llygaid
Pan edrychais arni hi
Sylweddolais ei bod hi'n crio
Ond nid oedd hi am i mi
Sylwi ar ei dagrau
Cefais fy ngwahanu
Oddi wrth fy mam
Nifer o weithiau
Ond roedd rhywbeth
Rhyfedd am y gwahanu hwn

Oddi mewn roeddwn wrth fy modd
Ond nid yw gweld eich mam yn crio
Byth yn beth braf
Rydych yn dechrau meddwl tybed
Pa mor ddrwg yw pethau mewn gwirionedd

Pan welais fy mam yn crio
Meddyliais am eiliad efallai mai
Aros gartref
Derbyn fy nhynged
Oedd y dewis gorau
Ond gwallgofrwydd fyddai hynny

Au Revoir

Eric Ngalle Charles

It was the first
And probably the last time
She missed work
Just to be with me
She did not look in my eyes
When I looked at her
I realised she was crying
But she did not want me
To notice her tears
I had been separated
From my mother
Quite a few times
But there was something
Strange about this separation

Internally I was elated
But seeing one's mother cry
Is never a good sight
You begin to wonder
How bad things really are

When I saw my mother crying
For a moment I thought maybe
Staying at home
Resigning myself to fate
Was the best option
But it would have been madness

137

Cofleidiodd fi gan osgoi fy ngolwg o hyd
Yna cymerodd fy nwylo yn ei rhai hi
Ac yn araf ond yn gadarn
Rhoddodd i bob un o'm bysedd
Frathiad tyner.
Gan dalu teyrnged
I hen arfer o'r pentref
Gan glymu a selio'r ffaith
Wrth imi ymlafnio i ddringo
Fod meddyliau a gweddïau
Fy mherthnasau gyda mi
Fel y bydd fy rhai i gyda nhw

Bu bron imi feichio wylo
Ond cychwyn yr oeddwn ar daith
Nad oedd gennyf syniad ohoni
Y peth lleiaf y gallwn ei wneud fyddai wylo
Serch hynny rhyddhawyd y cyfuniad
O lawenydd a thristwch o'm mewn
Mewn gwên fach wan

Fy chwaer ei gŵr
A rhai ffrindiau
Oedd yn gwybod fy amgylchiadau
A safodd mewn syndod
O weld yr hyn a dybient
Oedd fy newrder innau
Heb wybod bod y dewrder
Ymddangosiadol oedd gennyf

138

She hugged me still avoiding my gaze
Then she took my hands into hers
And slowly but steadily
She gave each of my fingers
A gentle bite
Paying tribute to an
Old village adage
Knotting and sealing the fact that
As I struggle to climb
The thoughts and prayers of
My relatives would be with me
As mine would be with them

I almost burst out in tears
But I was embarking on a journey
Of which I had no concept
The least I could do was cry
Instead the combination
Of joy and sorrow
Within me released itself
Through a very faint smile

My sister her husband
And some friends
Who knew my circumstances
Stood by amazed
By what they thought was
Me being courageous
Not knowing that whatever

Gŵyl y Blaidd

Yn tarddu o ofn
Ofn yr anwybod

Marw yr oeddwn
O bryder a hiraeth
Ond yn fwyaf oll
Yr ofn o beidio byth
Cael gweld fy mam eto
Dim ond Duw oedd yn gwybod

I ble yr oeddwn yn mynd

Courage I seemed to be showing
Was born out of fear
Fear of the unknown

I was dying with
Apprehension and nostalgia
But most of all
The fear of never being able
To see mother again
Where I was going

Was up to God

Aderyn heb Goeden

Aliou Keita

Aderyn Amddifad sy'n hedfan yn yr awyr.
Ble i fyw?

Deryn Druan sy'n edrych am rywle
Ei gyrchfan ddryslyd yn nerthu'r ewyllys
I fyw

Aderyn Clwyfedig sydd angen y Goeden er mwyn byw
Yn rhywle

Mae pob un aderyn am ganfod y Goeden Uchaf
I fyw
Y Goeden a geir rhwng Mynydd a Môr
Yn rhywle
Y mae angen i bob un aderyn gael ei warchod
Yn rhywle

Aderyn Amddifad sy'n hedfan yn yr awyr
Ble i fyw?

Deryn Druan.
Tuchan teimladau anghyfeillgar yn gwasgu
Ym mhob man! Ym mhob wybren! Ar bob coeden!
Ymhle y gall yr Aderyn fyw?

Aderyn Clwyfedig
O! Ddiniwed!
Gorffwysa! Gorffwysa! Cadw'r Ffydd! Rhywle!

Bird without Tree

Aliou Keita

Orphan Bird flies in the sky
Where to live

Poor Bird looks for somewhere
His confused destination gives him the will
To live

Wounded Bird needs the Tree where to live
Somewhere

Every single bird tries hard to find the Highest Tree
To live
The Tree found between Mountain and Sea
Somewhere
Every single bird needs to be protected
Somewhere

Orphan Bird flies in the sky
Where to live

Poor Bird
Crowded by grumblings of unfriendly moods
In every place! In every sky! On every tree!
Where is the Bird supposed to live?

Wounded Bird
Oh! Innocent!
Rest! Rest! Keep Hope! Somewhere!

Gwenoliaid

Menna Elfyn

Fe ddeallwn wenoliaid,
briwsion ar fwrdd yr ardd,
yn llygad y drws.
Deallwn eu llwgu,
eu hawydd i dorri bara â ni.

   Ac onid adar ydym ninnau,
adar nid o'r unlliw?
Eto'r entrych yw'r encil,
unigedd, cyn cyfannedd,
torcalon yn pigo'r pridd.

   Ac ym mhob ffurfafen
mae mudo, cymysgu
â'r ddaear am nodded.
Fforddolion ar aden,
eu clwyfo gan hanes,
yn chwilio o'r newydd, nyth,
man gwyn i orffwys.

   Yr adar, a'u plu cynnes?
Dylent gofio yr *heb*-ogion,
yn serio'r tir,
yn chwilio'r tir comin.

   Un wên, a wna wanwyn,
un wennol yn llunio'r haf.

Swallows

Menna Elfyn

Birds we understand,
spend crumbs in garden,
at back-door's eye;
understand their need
to break bread with us.
    And are we not birds who
don't always flock together?
The sky a high refuge,
lonely, knowing we'll land, meet
beak's needs, at heartbreak.
    And in every firmament
migrators mingle, mixing
heaven and earth for shelter,
wayfarers a-wing,
histories' hurted,
seeking anew a nest,
a fair resting-place.
    So those birds, warm-feathered,
should remember the withouters
scouring the soil
in search of common ground.
    One smile a spring,
one swallow making summer.

Brathu'r llwch

Mahmood Ahmadifard

neges gan hanes tawel oer
ar hyd llwybr amser
o amser caled
fel llong ofod wedi ei llunio gan nos
pelydryn o oleuni ymysg y sêr

gwna dy ffordd
a goleuni yn ddyhead
canfydda gapten
diahanga rhag y duwch

daw'r bore
i'r rhai a ddewisa ryddid yn lle'r drwg
y rhai sy'n dewis brathu'r llwch
yn lle bywyd o lyfu poer
peiriant amser ymhlith adfeilion
dim bara
poen yn y llygaid amddifad
chwilwyr am baradwys
dangoswch eich hunain
canfyddwch arweinydd
ymgasglwch er mwyn cryfder
cydiwch ddwylo
pryd bynnag ble bynnag mae'r unben
yn lladrata rhyddid
gadewch iddo wybod ein bod ni yno

Bite the Dust

Mahmood Ahmadifard

message from cold silent history
along the path of time
from a hard time
like a spaceship penned in by night
a beam of light among the stars

make your way
let light be our desire
find a captain
escape the darkness

morning comes to
those who choose freedom over evil
those who choose to bite the dust
over living a lickspittle life
a time machine among ruins

no bread

pain in orphan eyes
seekers of utopia
show yourselves
find a leader
gather for strength
clasp hands
wherever whenever tyrants
steal freedom
let them know we are there

o **Glytwaith Abertawe**

casglwyd gan Sylvie Hoffmann

Yn seiliedig ar sgyrsiau â cheiswyr lloches a ffoaduriaid yn Abertawe: dynion, merched a phlant, y rhan fwyaf ohonynt o wledydd Affricanaidd, Ffrangeg-eu-hiaith neu o'r Dwyrain Canol.

Newydd gyrraedd

Y ceir
Mae gen i ofn
Y strydoedd
Mae gen i ofn
Y môr
Mae gen i ofn
Mae gen i ofn dros fy mhlant

Yn y siop pysgod a sglodion

Gwên lydan:
– "Ar eich gwyliau, 'dych chi?"

148

from **Swansea Collage**

composed by Sylvie Hoffmann

Based on conversations with asylum seekers and refugees in Swansea, men, women and children, the majority from French-speaking African countries or the Middle East.

Just arrived

The cars
I am frightened
The streets
I am frightened
The sea
I am frightened
I am frightened for my children

In the fish and chips shop

Broad smile:
– "Are you on holidays?"

Llyfrgell Ganolog Abertawe

Anfonwn e-byst o amgylch y bwrdd cyfrifiaduron
Lle da i gwrdd
Hafan ddiogel.

Cyfarchion

Mon ami – Fy nghyfaill
Mon pote – Fy mêt
Mon coeur – Fy nghalon

Adran 55: Stori'r ffrind

Mam ifanc gyda babi
Yn dwyn clytiau.
Y wladwriaeth les yn esgus peidio gweld.

Swansea Central Library

We send each other e-mails round the computer table
A good meeting place
A safe haven

Greetings

Mon ami – My friend
Mon pote – My mate
Mon coeur – My heart

Section 55: The friend's story

A young mother with baby
Stealing nappies.
The welfare state turns a blind eye.

Y Meddyg Teulu

Y Meddyg Teulu hwn, wnaiff e ddim fy archwilio.
Mae'n archwilio fy nillad yn lle,
Mae'n gwrthod fy nghyffwrdd.
Mae'n gwrthod defnyddio Llinell Iaith.
Mae'n gwrthod fy nghredu.
Mae'n dweud fy mod yn celwydda, mae'n dweud fy mod yn iawn.
Mae'n rhoi Prozac imi, dôs cryfach bob tro.
Mae'n fy ninistrio i, alla'i ddim cysgu.
Nhw yw'r rhai gwallgof, nid fi.

Gwallgofdy

Y bore hwnnw gadewais am y coleg
Heb wybod na ddown yn ôl.
Ni chymerais eiddo, na llyfrau, na dillad – nid oeddwn yn gwybod.
Rwy ar goll yma, yn hollol ar goll ac ar chwâl.

Yn Abertawe o hyd?

Ie, rwy yn Abertawe o hyd. Hyd yn oed os y'ch chi'n dlawd fel baw
'Chi ddim yn bawa yn eich sosban goginio.

The G.P.

This G.P., he won't examine me.
He examines my clothes instead,
He refuses to touch me.
He won't use Language Line.
He refuses to believe me.
He says I'm telling lies, he says I'm fine.
He gives me Prozac, a stronger dose each time.
It's destroying me, I cannot sleep.
They are the mad ones, not me.

Madhouse

That morning I left for college
I didn't know I'd not be coming back.
I took no belongings, no books, no clothes – I did not know.
I'm lost here, utterly lost and bewildered.

Still in Swansea?

Yes, I'm still in Swansea. Even when you're destitute
You don't shit in the saucepan that you use to cook your food.

153

Heb do

– Ble ry'ch chi'n aros nawr?
– O, rwy heb benderfynu eto!
Mae prif weinidogion ac arlywyddion yn siarad dros fy mhen.
Fi, rwy eisiau aros yn y gwely,
I gysgu, cysgu, gan nad 'yn nhw'n gadael imi weithio yma.
Cysgu!
Rwy eisiau cysgu a marw ond eto mae'n rhaid imi fyw.

Glas yw fy enw i...

(*Testun cywaith a gyfansoddwyd gan famau a phlant mewn dosbarth Celf a Saesneg gyda Mudiad Addysg y Gweithwyr.*)

Mae fy enw i yn las a gwyn gyda streipiau
Mae fy enw i yn oren a melyn gyda blodau
Mae fy enw i yn hufen a phinc gydag aur
Mae fy enw i yn sgarff gyda phatrwm igam-ogam ...

Roofless

– Where are you staying now?
– Oh, I haven't decided yet!
Prime ministers and presidents speak over my head.
Me, I want to stay in bed,
To sleep, sleep, since they won't let me work.
Sleep!
I want to sleep and die and yet I have to live.

My name is blue ...

(*Group text composed by mothers and children in an Art and ESOL class at the WEA*)

My name is blue and white with stripes
My name is orange and yellow with flowers
My name is cream and peach with gold
My name is a scarf with zig-zags ...

Ydych chi'n hapus gyda hynny?
Gyda'r cyfreithiwr

Mae'n ddrwg gen i, does gennym ni ddim cyfieithydd ar gyfer eich iaith.
... Ydych chi'n hapus gyda hynny?
Na, mae'n ddrwg gen i, nid yw "Rwy'n ofni" yn golygu bod ofn arnaf i.
Does dim byd i'w ofni.
... Ydych chi'n hapus gyda hynny?
Saesneg fydd iaith pob llythyr a gohebiaeth.
... Ydych chi'n hapus gyda hynny?
Na, dydw i ddim yn gofyn sut rydych chi'n teimlo. Nid yw "Ydych chi'n hapus gyda hynny?" ond yn golygu "Nawr, allwn' ni symud ymlaen?" Ac nid yw hwnnw, ychwaith, yn gwestiwn.
... Ydych chi'n hapus gyda hynny?
Mae'r Dyfarnydd wedi gwrthod statws ffoadur ichi
... Ydych chi'n hapus gyda hynny?
Fe gewch eich troi allan o'ch llety ac rydych yn wynebu cael eich alltudio.
... Ydych chi'n hapus gyda hynny?
Nawr, chi yw'r paragraff hwn, arwyddwch yma, ac yma, diolch.
Byddwch yn clywed gennyf yn fuan, does dim rhaid ichi wneud dim byd, dim ond gadael y cyfan i mi.
... Ydych chi'n hapus gyda hynny?

Are you happy with that?

At the solicitor's:

I'm afraid we don't have an interpreter for your language.

... Are you happy with that?

No, I'm sorry, "I'm afraid" does not mean that I am afraid. There is nothing to fear.

... Are you happy with that?

All communications and letters will be in English.

... Are you happy with that?

No, I'm not asking you how you feel. "Are you happy with that?" simply means, "Now, can we proceed?" And that is not a question.

... Are you happy with that?

The Adjudicator has refused refugee status for you.

... Are you happy with that?

You are to be evicted from your accommodation and you face deportation.

... Are you happy with that?

Now, this paragraph is you, sign here, and here, thank you. You will hear from me shortly, you need not do anything, just leave it all to me.

... Are you happy with that?

Daearyddiaeth i Ddechreuwyr

Rwy'n dod o Balestina. Dydw i ddim eisiau pres. Rwy wedi dysgu byw heb bres. Jyst dangoswch imi - ble medra' i gysgu? Ble medra' i gysgu?

Rwy'n dod o Swdan …
(Darllener o 'Balestina' eto hyd y diwedd)

Rwy'n dod o Gongo-Kinshasha. . .
(Gwnewch yr un peth eto)

Rwy'n dod o Ethiopia …
(Cael y syniad?)

Rwy'n dod o Iraq …
(Gallwch wneud hyn eich hun nawr! Cymerwch fap o'r byd, dewiswch wlad lle mae rhyfel – rhyfel cartref neu unrhyw fath o ryfel – ac fe allwch chi wneud yr ymarfer hwn yn eich cartref eich hun. Os oes angen cymorth arnoch chi, gofynnwch i unrhyw un yn y rhes yng Nghyngor y Ffoaduriaid Cymreig, neu Albanaidd, neu Seisnig, neu mewn llawer o resi tebyg eraill drwy'r byd i gyd.)

"Mae digwyddiadau hiliol ar i lawr" 2

Tu allan i archfarchnad C.K's, Stryd Fawr, Chwefror 2005.
Fy nghuro, fy nghicio, fy llorio, fy mwrw'n anymwybodol – *"Black Bitch"*.

Geography for beginners

I am from Palestine. I don't want money. I have learned to live without money. Just show me, where can I sleep? Where can I sleep?

I am from the Sudan ...
(Read again from after "Palestine" to the end)

I am from Congo-Kinshasa ...
(Repeat the exercise)

I am from Ethiopia ...
(Get the idea?)

I am from Iraq ...
(You can do it on your own now! Take a map of the world, pick a country at war – civil war, or any other war – and you can practise this exercise in the comfort of your own home. If you do need help, just ask anyone in the queue at the Welsh or Scottish or English Refugee Council, or in any number of similar queues all over the world)

"Incidents of racism are falling" 2

Outside CK's supermarket, High Street, February 2005:
Thumped, kicked, floored, knocked out for six – black bitch!

Anhunedd

>methu troi bant
>goleuadau ymlaen
>llygaid ar agor

Y tad: Tan y wawr, rwy'n tindroi rhwng pedair wal.
Rwy'n chwarae gydag allweddell fy mhlant. Rwy'n trio'r gwely.
Rwy'n trio'r soffa, rwy'n trio'r llawr … Ond nid wyf yn trio'r drws.
Y tu fas, mae Abertawe'n beryglus.
Y myfyriwr: Rwy'n crio, gwefus yn crynu, cerddaf i lawr y
traeth. Ydw, rwy'n ofni am fy mywyd, felly rwy'n sgwennu, rwy'n
sgwennu, rwy'n sgwennu …
Y fam: Alla'i ddim cysgu, rhaid imi aros ar ddihun,
rhaid imi amddiffyn fy mhlant.

Rhyddfreinio

Chwaer wrth frawd:
Yma ym Mhrydain, dwyt ti ddim yn berchen arna' i! Coginia dy
fwyd dy hun!

Insomnia

> unable to switch off
> lights on
> eyes wide

The father: Till dawn I pace between four walls. I play with my children's keyboard. I try the bed, I try the settee, I try the floor … but I don't try the door. Outside, Swansea is dangerous …

The student: I cry, my lips tremble, I walk down the beach. Sure, I fear for my life, so I write, I write, I write …

The mother: I cannot go to sleep, I must stay awake, I need to protect my children.

Emancipation

Sister to brother:
Here in the UK, you no longer own me! Cook for yourself!

Cwm Llandeilo Ferwallt

Gabriel Lenge Vingu

Pe bawn i'n anghofio'r holl leoedd a thirweddau yn Abertawe, anghofiaf fyth Gwm Llandeilo Ferwallt;

pe bawn i'n anghofio Gwesty'r Arches, a'm lletyodd mewn modd mor erchyll yn Abertawe am wyth mis, pell y bo'r syniad o'th anghofio di, Gwm Llandeilo Ferwallt;

pe bawn i'n siarad pum gwaith am y caledi, yr anawsterau a'r dioddefaint a brofwyd yn Abertawe fel ceisiwr lloches, fe siaradwn fil o weithiau am y cysur a'r llawenydd a brofais yng Nghwm Llandeilo Ferwallt;

cwm a lonnodd fy nghalon a'i llenwi â llawenydd yn lle'r tristwch a'r pryder a grëwyd gan realaeth negyddol bod yn geisiwr lloches;

Gwm Llandeilo Ferwallt! Byth y byddi'n gerfiedig yn fy nghof!

Y tro cyntaf imi ymweld â thi oedd taith gerdded a drefnwyd gan Mr Ray Diddams, ynghyd â'i bartner Sheila Manning a Sylvie Hoffmann, a'i merch Maria Williams, i gyd yn bobl o ewyllys da, a llawn cariad tuag at y ceiswyr lloches sy'n byw yn Abertawe, bendith Duw ar Ray, Olive, Sheila, Sylvie a Maria ei merch, am roi imi'r cyfle i ymweld â thi, Gwm Llandeilo Ferwallt;

Bishopston Valley

Gabriel Lenge Vingu

Were I to forget all of the places and landscapes in Swansea, never would I forget Bishopston Valley;

were I to forget the Arches Hotel, which put me up in such abysmal fashion in Swansea for eight months, far from me the thought of forgetting you, Bishopston Valley;

were I to speak five times of the hardship, the difficulties and the suffering endured in Swansea as an asylum seeker, I would speak a thousand times of the solace and the joy experienced in Bishopston Valley;

valley who brought solace to my heart and filled it with joy in place of the sadness and anxiety created by the negative realities of the phenomenon of seeking asylum;

Bishopston Valley! You shall remain everlastingly engraved upon my memory!

The first time I visited you it was thanks to a walk led by Mr Ray Diddams, accompanied by his partner Olive Davies, their friends Sheila Manning and Sylvie Hoffmann, and her daughter Maria Williams, all of them people of good faith, and full of love for the asylum seekers living in Swansea, God's blessing be upon Ray, Olive, Sheila, Sylvie and Maria her daughter, for having given me the opportunity to visit you, Bishopston Valley;

pan feddyliaf am y nant hyfryd yn llifo drwot, y bryniau a'r
coedydd sy'n dy greu, fe weddïaf ar i dduw fendithio Abertawe
o'th herwydd di. O! Gwm Llandeilo Ferwallt, fe wnest ti fy llenwi
â llawenydd dwfn, boed i'm llawenydd barhau!

Cofiaf pan gyrhaeddom y nant fach sy'n rhedeg drwy'r cwm, a
minnau'n ebychu: "O, am nant hyfryd, Sylvie!" – "Ie Gabriel,
mae'n warchodfa natur brydferth," atebodd Sylvie. – "Yn wir,
Sylvie. Mae'r nant hon yn union fel un sy'n rhedeg drwy Ddyffryn
Kizauvete, yng Ngweriniaeth Ddemocrataidd y Congo lle
cwrddais â 'nhad a'i weld am y tro olaf, yn Affrica, yn y flwyddyn
2000." – "Ydy'ch tad a'ch mab yn dal i fyw heddiw?" holodd
Sylvie. – "Ydyn, maen nhw'n fyw heddiw, ac rwy'n cofio fy nhad,
ac yn ei ganmol am ddangos dewrder gwrol, yn gymaint na
adawodd i'w ddagrau lifo llawer wrth inni ffarwelio â'n gilydd y
diwrnod olaf hwnnw o weld ein gilydd, gan fod fy mam wedi wylo
dagrau'n lli, yn methu ag ymatal ar y dydd olaf hwnnw, pan
ddywedon ni ffarwél, wrth imi baratoi i adael gwlad fy hynafiaid."
Wedi'i syfrdanu, roedd Sylvie yn dilyn fy ngeiriau yn astud, ac fe
euthum ymlaen: "Rwy'n dal i gofio'n dda y diwrnod hwnnw pan
welais fy nhad wrth y nant a lifai drwy Ddyffryn Kizauvete, yn
union fel y nant hon sy'n rhedeg drwy Gwm Llandeilo Ferwallt;
ar y dydd hwnnw, roedd fy nhad a minnau wedi golchi ein dillad
yn y nant a'u gosod ar y cerrig i sychu, ac yn eistedd ger y dŵr, yn
siarad am bopeth, ac am ddim byd, pan ofynnodd fy nhad: 'Oes
syched arnat ti, Gaby?' Atebais: 'Oes, Papa, syched mawr,' gan
feddwl fod gan fy nhad botel o ddŵr yn ei fag. Atebodd: 'Wel, dos
i lawr at y nant ac yfed y dŵr o fan'na!' 'Yfed dŵr o'r nant? Na,
Papa, alla'i ddim yfed y dŵr hwnnw!' – 'Pam lai?' meddai fy nhad,

when I think of the beautiful stream flowing through you, the hills and woods which make you, I shall pray to God to bless Swansea because of you, oh! Bishopston Valley, you filled me with intense joy, may my joy abide!

I remember when we arrived by the small stream that flows through the valley, and when I exclaimed: "Oh! What a wonderful stream, Sylvie!" – "Yes Gabriel, it is a beautiful nature reserve," replied Sylvie. – "Indeed, Sylvie. This stream is exactly like a stream that runs through Kizauvete Valley, a valley in Democratic Congo where I met up with my father and saw him for the last time, in Africa, in the year 2000." – "Are your father and mother still living today?" Sylvie asked. – "Yes, they are still alive today and I still remember my father, and praise him for showing manly courage, in that he did not let his tears flow much as we were saying goodbye to each other that last day of seeing one another, as my mother had shed a great quantity of tears, unable to restrain herself on that last day, when we were saying goodbye, as I was preparing to leave the land of my ancestors." Stunned, Sylvie was attentively following my words, and I continued: "I still remember well that last day when I saw my father, by the stream that flows through Kizauvete Valley, so exactly like this stream that flows through Bishopston Valley; on that day, my father and I had washed our clothes in the stream and laid them out on the stones to dry, and we were sitting near the stream, speaking of everything and nothing, when my father asked me this: 'Are you thirsty, Gaby?' I answered: 'Yes, papa, extremely thirsty,' thinking that my father had a bottle of mineral water in his bag. He replied: 'Well, go down to the stream and drink the water from the stream!' – 'Drink water from the

'Daw'r dŵr hwn o ffynnon, mae'n ddŵr glân, gloyw.' - 'Mae'n frwnt ac yn dywyll, Papa. 'Dyw e ddim wedi ei buro.' – Rwyt ti'n anghywir, fy mab. Daw'r dŵr hwn o ffynnon, mae wedi ei hidlo'n dda, ei buro'n dda, yn naturiol, wrth iddo fynd trwy'r creigiau.' – 'Na, Papa, mae gen i ofn dal haint.' – 'Na, na, wnaiff y dŵr hwn ddim niwed iti. Gwylia fi, nawr rwy'n ei yfed e,' ac fe yfodd fy nhad ddŵr y ffynnon yn y nant heb farw, ac yna fe ddywedodd: 'Dyma ti, cymer, yfa. Rwy' wedi bod yn yfed y dŵr hwn am 55 mlynedd ac nid yw'n gwneud dim niwed imi. Yfa!' meddai; ac felly, i blesio fy nhad, yfais y dŵr, a dywedodd fy nhad: 'Felly, Gaby, wyt ti'n farw?' 'Na,' atebais. 'Da iawn. Bydd y profiad hwn yn dy helpu ble bynnag yr ei di,' meddai, gan orffen."

"Mae'n stori hyfryd, Gabriel, diolch am ei rhannu gyda mi," meddai Sylvie. "Ie, Sylvie. Mae gan fod dynol stori i'w dweud bob amser, achos nid bod dynol yw rhywun heb stori i'w dweud." Gyda'i distawrwydd, gadawodd Sylvie amser imi siarad, ac fe euthum ymlaen: "Heddiw rwy'n cofnodi stori arall o 'mywyd, stori'r daith gerdded yng Nghwm Llandeilo Ferwallt, cwm yr ymwelwyd ag ef yn y gorffennol, yr ymwelwyd ag ef gennyf i heddiw, ac yr ymwelir ag ef gan eraill yn y dyfodol. Boed bendith Duw arnat ti, O! Gwm Llandeilo Ferwallt, tydi a fu'n fangre fy nghysur a'm llawenydd yn Abertawe, ac nid anghofiaf di fyth, O! Gwm Llandeilo Ferwallt!"

stream? No, papa, I cannot drink that water!' – 'Why not?' said my father, 'This water comes from a spring, it's pure, clean water.' – 'It's very dirty and murky, papa. It's not purified.' – 'You are wrong, my son. This water comes from a spring, it is well filtered, well purified, naturally, as it passes through the rocks.' – 'No, papa, I'm scared of catching a disease.' – 'No, no, this water will do you no harm. Watch me, now I'm drinking it,' and my father drank the spring water in the stream and did not die, and then he said: 'Here, take, drink. I've been drinking this water for 55 years, each and every time I come to the village I drink this water and it does me no harm. Drink!' he said; and so, to please my father, I drank the water, and my father said: 'So, Gaby, are you dead?' 'No,' I replied. 'Good. This experience will help you wherever you go,' concluded my father."

"It's a beautiful story, Gabriel, thank you for sharing it with me," Sylvie commented. "Yes, Sylvie. A living human being always has a story to tell, for someone with no story to tell cannot be said to be a human being." With her silence, Sylvie left me time to speak and I continued: "Today I am recording another story from my life, the story of the walk in Bishopston Valley, a valley which has been visited in the past, and today was visited by me, and will be visited by others in the future. May the blessing of God be upon you, oh! Bishopston Valley, you who were the place of my joy and my solace in Swansea, and I shall never forget you, oh! Bishopston Valley!"

Fy Iaith Gyntaf

Eric Ngalle Charles

Nid yw olew a dŵr
Byth yn cymysgu –
Mae un yn sefyll i fyny,
A'r llall yn gorwedd islaw.

"Fel gorila
A mwnci
Yn honni undod," –
Edrych yn agosach –
"Mwnci yw'r mwnci
A gorila yw'r gorila."

Nid fi yw hwnna.
Mewn caethiwed rwy'n bwyta banana,
Yn y mileindra gwyllt.

Wedi fy nghyfyngu,
Yn gadael fy ngwreiddiau,
Gafr oeddwn i.
Roedd gennyf dri epil.
Tithau – lew –
Â dim ond un gennyt,
Yn llewa fy rhai i o hyd.
Rwy'n adnewyddu fy hiliogaeth,
Ti'n aros dy dro.

My First Language

Eric Ngalle Charles

Oil and water
Never blend –
One stands up,
One beneath.

"Like a gorilla
And a monkey
Claiming oneness," –
Look closer –
"The monkey is monkey
And the gorilla gorilla."

That's not me.
In captivity I eat banana,
In the wild savagery.

Contained,
Leaving my roots,
I was a goat.
I had three kids.
You – a lion –
Had just one,
Still devouring mine.
I replenish my kind,
You wait your turn.

Rwy'n tresmasu,
Gan taw protectoriaeth yw hon,
Heb wybod
Cynifer o ffiniau pell –
Beth yw'r gwahaniaeth?
Heb haeddu'r driniaeth.

Yna, rwy'n hercio,
Yn dysgu neidio,
Fel Doctor Jack Mapanje,
Y rhes o bobl yn syllu arna' i –
Does dim wyneb gen i
Os taw dyna'r cyfan ydw i,
Fel pe bai fy mam yn camddefnyddio cyffuriau.

Yn teimlo trueni drosof fi
Gyda thalebau fel chwarae plant,
Yn prynu bwyd o Tesco
Wrth i'r ddynes dew
Gwestiynu fy nieithrwch
Ac wrth i dystion bwyntio bys.
Meddyliais taw bwgan brain oeddwn i.
Boed felly.

Egluro bwriad,
Dysgu gwirionedd mewn hanes,
Yna hwyrach
Ni fyddan nhw'n chwerthin arna' i.

I trespass,
Being a protectorate,
Not knowing
So many distant borders –
What's the difference?
Not deserving the treatment.

Then I skip,
Learning to jump,
Like doctor Jack Mapanje,
The queue staring at me –
I don't have a face
If that's all I am,
As if my mother abused drugs.

Feeling sorry for me
With vouchers as in child play,
Buying food from Tesco
As the fat lady
Questions my strangeness
And witnesses point a finger.
I thought I was a scarecrow.
So be it.

Clarify intent,
Teach truth in history,
Then they may
Not laugh at me.

Yna gofynnwch,
Beth yw fy iaith gyntaf?
Gofynnwch i'm mam-gu.
O na, mae'r genhedlaeth wedi mynd,
Mewn dryswch o hyd
Ynglŷn a pha iaith i'w siarad.
Meddyliais,
Portiwgead ydw i,
Heb fyth berchen ar blanhigfa
Fy hun,
Yna meddyliais
Almaenwr ydw i,
Nes sylweddoli
I'r Saeson gicio'r
Frenhiniaeth ma's.

Dywedon nhw
Taw Ffrancwr oeddwn i –
O na, Marie! le bara!

Diolch i'r frenhines –
Y Frenhines Fictoria hynny yw –
Cefais yr enw
Charles.
Dywed y si taw'r un Mawr oedd e.
Efallai taw Mormon ydw i
Yn hel achau'r teulu.

Wnaeth Comiwnyddiaeth erioed ffynnu,
Gan feio'r gwres.

Then you ask,
What's my first language?
Ask my granny.
Oh no, the generation's gone,
Still confused
Which language they spoke.
I thought
I am Portuguese,
Never owning a plantation
Of my own,
Then I thought
I am German,
Then I realised
The English kicked
The kingdom out.

They said
I was French –
Oh no, Marie! le bread!

Thanks to the queen –
Queen Victoria that is –
I was given the name
Charles.
Rumours say he was the great.
Maybe I'm a Mormon
Tracking a family tree.

Communism never thrived,
Blaming the heat.

Yma yng Nghymru,
Gan gychwyn gyda "Bore da,"
Gan feddwl o hyd –
Iaith gyntaf?
Astudio Saesneg,
Iaith fabwysiedig,
Trwy fywyd –
Beth sy'n gwneud ichi feddwl?
Rwy'n adnabod fy iaith,
Yn bodoli'n oddefol,
Wrth i eraill ddod,
Ac eraill fynd,
Yn synnu pam
rwy'n llefaru mewn tafodau.

Here in Wales,
Starting with "Bore da",
Still wondering –
A first language?
Studying English,
An adopted tongue,
Through life –
What makes you think?
I know my language,
Existing passively,
As others came
And others left,
Surprised why
I speak in tongues.

Rough Guide

Grahame Davies

Mae'n digwydd yn anorfod,
fel dŵr yn dod o hyd i'w lefel,
ond bob tro yr agoraf lawlyfr teithio
'rwy'n hwylio heibio'r prifddinasoedd a'r golygfeydd,
ac yn tyrchu i strydoedd cefn diolwg y mynegai,
a chael fy mod yn Ffrainc, yn Llydäwr;
yn Seland Newydd, Maori;
yn yr Unol Daleithiau – yn dibynnu ar ba ran –
'rwy'n Navajo, yn Cajun, neu'n ddu.

Y fi yw'r Cymro Crwydr;
yn Iddew ymhob man.
Heblaw, wrth gwrs, am Israel.
Yno, 'rwy'n Balesteiniad.

Mae'n rhyw fath o gymhlethdod, mae'n rhaid,
fy mod yn codi'r grachen ar fy psyche fel hyn.
Mi dybiaf weithiau sut beth a fyddai
i fynd i un o'r llefydd hyn
a jyst mwynhau.

Ond na, wrth grwydro cyfandiroedd y llyfrau
yr un yw'r cwestiwn ym mhorthladd pob pennod:
"Dinas neis. 'Nawr ble mae'r geto?"

Rough Guide

Grahame Davies

It happens inevitably,
like water finding its level:
every time I open a travel book,
I sail past the capital cities, the sights,
and dive straight into the backstreets of the index
to find that in France, I'm Breton;
in New Zealand, Maori;
in the U.S.A. – depending on which part –
I'm Navajo, Cajun, or black.

I'm the Wandering Welshman.
I'm Jewish everywhere.
Except, of course, in Israel.
There, I'm Palestinian.

It's some kind of a complex, I know,
that makes me pick this scab on my psyche.
I wonder sometimes what it would be like
to go to these places
and just enjoy.

No, as I wander the continents of the guidebooks,
whatever chapter may be my destination,
the question's always the same when I arrive:
"Nice city. Now where's the ghetto?"

Gwallgofrwydd Iaith

Anahita Alikhani

Saesneg yw'r iaith a siaredir fwyaf yn y byd i gyd, ac fe gaiff ei dysgu ymhob gwlad. Ond mae Saesneg llafar, tafodieithol, yn wahanol iawn i'r iaith lednais a ddysgir mewn ysgolion. I rywun fel fi, yn dod ar draws yr iaith bob-dydd wrth gyrraedd Prydain, mae'n gallu bod yn ddryslyd iawn. Er enghraifft, rwyf wedi darganfod bod un gair y gellir ei ddefnyddio i fynegi ystod enfawr o deimladau amrywiol: dicter; ffieidd-dra; hapusrwydd; gorfoledd; syndod; meddwdod, ac yn y blaen.

Gall cyfarfod dychmygol rhwng newydd-ddyfodiad o dramor a brodor o Brydain fynd rhywbeth fel hyn:

– O ble ti'n dod?

– Persia

– Ble'r **** mae Persia?

– Yn Asia.

– O! **** o ffordd bell oddi cartre!

– O, ie!

– Sut mae'r tywydd acw?

– Twym a braf.

– O! ****** briliant! Be'r **** wyt ti'n wneud yma?

– Ffoadur ydw i.

– O ****** ceiswyr lloches! Poen yn y pen ôl!

– Mae'n ddrwg gen i, oes gennych chi broblem? Oes clwyf y marchogion gyda chi?

– ***** ***!!!

– Mae'n ddrwg gen i, ydy'r gair hwn yn golygu ie neu nage?

– Mae'n golygu symud dy ****** hun a dos o 'ma!

The Madness of Language

Anahita Alikhani

English is the most widely spoken language in the world, and is taught in every country. But spoken and colloquial English is very different from the polite language which is taught in schools. For somebody like myself, encountering the everyday language when we arrive in Britain can be very perplexing. For example, I've discovered that there is one word which can be used to express a huge range of feelings as varied as anger, disgust, happiness, joy, astonishment, drunkenness and so on.

An imaginary meeting between a foreign newcomer and a native of Britain can go something like this:

– Where are you from?

– Persia.

– Where the ****ing hell is Persia?

– In Asia.

– Oh! ****ing long way from home!

– Oh yes!

– How's the weather there?

– Warm and nice.

– Oh! ****ing brilliant! What the **** are you doing here?

– I'm a refugee.

– Oh, ****ing asylum seekers! Pain in the ****!

– Excuse me, do you have a problem? Do you have piles?

– **** ***!!!

– Excuse me, does this word mean yes or no?

– It means move your ****ing **** and go to hell!

Gallaf ddychmygu, ymhen rhyw ganrif, fel y mae'r iaith yn esblygu, y caiff y gair hwn ei ddefnyddio hyd yn oed yn fwy eang. Ar y newyddion, er enghraifft: "Y bore 'ma, fe agorodd Ei ****** Mawrhydi y ****** Frenhines ei ****** dathliadau Jiwbilî ..."

I can imagine that in a hundred years or so, as the language evolves, this word might be used even more widely, for example on the news: "This morning Her ****ing Majesty the ****ing Queen opened her ****ing Jubilee Celebrations . . ."

Yma, Rwy'n Teimlo fel Neb

Maxson Sahr Kpakio

Cyflwynedig i geiswyr lloches a ffoaduriaid yn y D.U.

Yma rwy'n teimlo fel neb, yn cywilyddio, fel petai pawb
Yn fy nghasáu,
Ond dydyn nhw ddim yn fy 'nabod, dydyn nhw ddim
Yn gwybod chwaith pwy ydw i mewn gwirionedd
Ond maen nhw'n gwybod beth maen nhw'n ddarllen amdana i
Yn y papurau newydd
Ac nid fi yw hwnna.

Yma rwy'n teimlo fel neb,
Er gwaetha'r arteithio a'r erlid fe lwyddais
I ddianc o'm cartref, gan chwilio
Am wlad heddychlon lle mae parch at
Hawliau dynol – ond o gyrraedd
Cefais fy rhoi yn syth yn y ganolfan gadw.
Y papurau newydd wnaeth y gweddill.

Yma rwy'n teimlo fel neb,
Weithiau mae pobl yn cael eu curo a'u lladd
Weithiau dim ond am eu bod
Yn geiswyr lloches,
Ond, da chi, gwnewch eich gwaith cartref yn well.

Nid dyma pam daethon ni yma, ry'n ni'n ceisio gadael
Hyn oll y tu ôl inni, ry'n ni'n ceisio canfod heddwch yma, ond mae'n

I Feel Like Nobody Here

Maxson Sahr Kpakio

Dedicated to asylum seekers and refugees in the UK

I feel like nobody here, ashamed, like everybody
Hates me,
But they don't know me, they really
Don't know who I am either,
Only they know what they read in the
Newspapers about me
And that is not me.

I feel like nobody here,
Despite the torture and persecution I managed
To escape from home, in search
Of a land of peace and respect for
Human rights – as soon as I got in,
I was put into detention centre,
And the newspapers did the rest.

I feel like nobody here,
People are being beat up and killed
Sometimes just because they are
Asylum seekers,
But please, could you find out better.

We didn't come here for this, we try to leave
Behind this, we try to find peace here, but it's

Bell o fod yn bosibl, ddim gyda'r cyfryngau hyn.
Maen nhw'n fy ngalw i'n geisiwr lloches ffug,
Maen nhw hyd yn oed wedi lledaenu'r gair
Mai parasit ydw i, yn cario heintiau,
Ond nid fi yw hwnna.

Pe bai pethau'n iawn adre - parch at iawnderau dynol
A heddwch cymharol fel o'r blaen,
Fe awn i adre yfory.
Doeddwn i ddim eisiau dod yma, doeddwn i ddim eisiau
Bod yn ffoadur chwaith.
Ond yma yr ydw i, yn dymuno cyfrannu
A ffitio i mewn.
Ond sut galla i?
Sut gall pobl fy nerbyn i o ddifri'
Pan mae'r cyfan maen nhw'n ddarllen amdana' i yn sothach
Dim byd ond sothach.

Ond dydw i ddim yn eu beio am fy ofni,
Maen nhw'n credu
Yr hyn
Maen nhw'n ddarllen.

Yma rwy'n teimlo fel neb,
Rwy eisiau cwrdd â nhw
A siarad wrthyn nhw a dweud
Fod e ddim yn wir.
Gad imi ddweud wrthyn nhw nad fi
Yw'r hyn maen nhw'n ddarllen
Yn y papurau.

Far from being possible, not with this media.
They refer to me as bogus asylum seeker,
And they even told others that I am
Just a parasite, and a disease carrier,
But that is not me.

If it was good at home where respect for human
Rights and relative peace was like before,
I would go home tomorrow.
I didn't want to come here, I didn't want
To be a refugee either.
But I am here and I want to contribute
And fit in.
But how can I?
How can people really accept me when
All they read about me is rubbish,
Nothing but rubbish.

But I don't blame them for fear of me,
They believe
What
They read.

I feel like nobody here,
I want to meet them
And speak to them and tell them it's
Not true.
Let me tell them that I am
Not what they read in
The newspapers.

Rwy'n gwarantu

William G. Mbwembwe

Rwy'n gwarantu y byddwch yn ddiogel yn mynd yn ôl i
Zimbabwe
Ond alla'i ddim gwarantu eich diogelwch pan fyddwch yno
Gallaf warantu bod rhydd i bawb leisio barn yn Zimbabwe
Ond ni allaf warantu rhyddid wedi ichi ei lleisio
Gallaf warantu bod digonedd o nwyddau sylfaenol ar gael
Nid oes ond rhaid ichi ddarllen y papur a gwrando ar y
newyddion
Gallaf warantu bod y raddfa droseddu yn isel yn Zimbabwe
Mae pawb wrthi, mae'n normal
Gallaf warantu, mae hen ddigon o danwydd yn Zimbabwe
Bob amser mewn gorsaf betrol ar ochr arall y dref
Gallaf warantu etholiadau rhydd a theg yn Zimbabwe
Rydych yn rhydd ac mae gennych siawns fwy na theg
O bleidleisio dros y blaid mewn grym
Gallaf warantu bywyd hir ichi yn Zimbabwe
Dim ond ichi beidio â chario'r gerdd hon gyda chi.

(Mawrth 2005)

I Guarantee

William G. Mbwembwe

I guarantee that you will be safe going to Zimbabwe
But I cannot guarantee your safety when you get there
I can guarantee that there is freedom of speech in Zimbabwe
But I cannot guarantee freedom after your speech
I can guarantee, all basic commodities are in plenty supply
You only have to read the paper and listen to the news
I can guarantee, the rate of crime is very low in Zimbabwe
Everybody is into it, it's the norm
I can guarantee, fuel is plenty-plus in Zimbabwe
Always at a filling station at the other side of town
I can guarantee free and fair elections in Zimbabwe
You are free and have a very fair chance
To vote for the ruling party
I can guarantee you a long life in Zimbabwe
Just don't carry this poem around with you.

(March 2005)

O Ddim Byd i Fodolaeth

Michael Mokako

Dyma fi'n meddwl sut y gwna' i gyflawni fy mreuddwydion
Yn ymdrechu bob dydd i drefnu dyfodol da
Rwy'n gwybod y daw dydd pan fydd pethau'n mynd o'm plaid
Rwy'n gallu teimlo'r llewyrch, cyn hir, fe ddaw fy nydd.

Fe alla'i deimlo fy hun yn teithio o ddim byd i fodolaeth
Weithiau mae rhai yn ceisio fy atal, ond 'sgen i ddim ofn
Achos does neb yn mynd i'm stopio i rhag dilyn fy mreuddwydion
Dim ots os dywedan nhw na lwydda'i byth, 'dyw'r hyn a ddywedan
nhw

Ddim yn mynd i'm llorio, rwy'n gwybod y bydda' i'n llwyddo ryw
ddydd
Nid heddiw, nid yfory, ond rhyw ddydd, fe enilla' i'r holl barch
A gafodd ei ddwyn ac fe fydda' i'n rhywun.

Dim ots beth gymerith e
Dim ots beth mae pobl yn ddweud, fe wna' i lwyddo
A symud wedyn o ddim byd i fodolaeth.

From Nothing to Something

Michael Mokako

Here I am thinking about how I will achieve my dreams
Struggling day to day trying to arrange a good future
I know a day will come when things will go my way
I can just feel the shine, soon it's going to be my time

I can feel myself travelling from nothing to something
Sometimes people try to bring me down but I ain't scared
Because nobody is stopping me following my dreams
Even if they say I'll never make it, whatever they say

Isn't going to put me down, I know one day I'll make it
Not today, not tomorrow, but one day, I'll win all the respect
That has been taken and I'll become somebody

No matter what it's going to take
No matter what people are saying, I'll make it
Then I'll move from nothing to something

Deffroad Cariad

Aimé Kongolo

Deffra! Cod!
Deffra f'anwylyd
Deffra fy nghariad
Mae arnaf angen syllu i fyw'r
Llygaid sy'n disgleirio fel
Yr haul yn disgleirio ar y môr
Mae angen clywed dy lais tyner arnaf
Mae arnaf angen gweld dy wyneb
Sy'n disgleirio â llawenydd cariad
Llawenydd cyfeillgarwch
Llawenydd anwyldeb
Anwyldeb dwfn ein cariad ni
Rwy'n dy garu di! Rwy'n dy garu di!
Rwy'n dy garu fel gardd
Fy mhlentyndod
Rwy'n dy garu fel gardd
Y Gaeaf
Rwy'n dy garu fel Dydd Iau Cablyd
Rwy'n dy garu fel Dydd Calan
Rwy'n dy garu di! Rwy'n dy garu di!
Oherwydd fod dy enw yn dechrau gyda
       A
A fel llythyren gyntaf yr wyddor
A fel y ferf avoir i gael
A fel aimer i garu, A am amour
A am amitié cyfeillgarwch

Love's Awakening

Aimé Kongolo

Wake up! Get up!
Wake up my darling
Wake up my love
I need to look in
The eyes that shine as
The sun shines on the sea
I need to hear your gentle voice
I need to see your face
That shines with the joys of love
The joys of friendship
The joys of affection
The deep affection of our love
I love you! I love you!
I love you like the garden
Of my childhood
I love you like the garden
Of winter
I love you like Good Thursday
I love you like New Year's Day
I love you! I love you!
For your name begins with
      A
A like the first letter of the alphabet
A like the verb avoir to have
A like aimer to love, A for amour
A for amitié friendship

Gŵyl y Blaidd

A am ddwys anwyldeb
A fel Alice yng Ngwlad Hud
Deffra! Fy nghariad
Cod! Fy nghariad

A for affection intense
A like Alice in Wonderland
Wake up! my darling
Wake up! my love

Mynydd a Môr

Eric Ngalle Charles

Stori o bellter.
Y nhw oedd fy unig dystion,
Mynydd a môr
A'i wefusau'n llyncu'r awyr werdd,
Cusan arhosol,
Yn golchi ei donnau o'r lan,
Gan adael cwch ar ôl.

Hynny am fy nychweliad.

Y mynydd
Fel llechen anferth,
A choed yn cadw gwylnos
Fel perthnasau yn aros
Am eu plant ymadawedig.

Ei drem gawraidd
Yn edrych i lawr arnaf
Fel Yomadene,
Y ceidwad,
Y mynydd
Lle bu fy nain yn byw
Wedi iddi farw.
Mynydd calonnau clwyfus.

A Mountain and a Sea

Eric Ngalle Charles

A story from a distance.
They were my only witness,
A mountain and a sea
Whose lips engulfed the green sky,
A lasting kiss,
Washing her waves off-shore,
Leaving behind a boat.

That for my home-coming.

The mountain
Like a giant slate,
With trees keeping vigil
Like relatives awaiting
Their departed children.

Her giant gaze
Looking down at me
Like Yomadene,
The guardian,
The mountain
Where my grandmother
Lived after her death.
A mountain of broken hearts.

Hynny am fy nychweliad.

Mynydd sgleiniog
Lle porai'r defaid,
Drwy'r modd hwn
Y llonnwyd fy nghalon.

Hynny am fy nychweliad.

Ar daith wlyb i Landudno
Gan olchi i ffwrdd y boen a'r hiraeth,
Llais ail-anedig yn gweiddi
Rhwng mynydd a môr.

Lle atseiniodd lleisiau
Ar draws gorwel y dref
A lle bu sgwrs am bethau cyffredin.
Deffro fi o'm cwsg,
Wedyn bydd y gerdd hon
Ar ben.

Hynny am fy nychweliad.

Rhwng mynydd
A môr.

That for my home-coming.

A shining mountain
Where sheep grazed,
By which means
My heart rejoiced.

That for my home-coming.

On a wet journey to Llandudno
Washing away pain and longing,
A re-born voice crying
Between a mountain and a sea.

Where voices echoed
Across the town's horizon
And conversation on common things.
Wake me from my slumber
Then this poem
Will be over.

That for my home-coming,

Between a mountain
And a sea.

PARTHIAN parthianbooks.co.uk

£7.99   ISBN : 1-905762-06-2

Ymysg aelodau Consortiwm Cymru mae: awdurdodau lleol ym mhedair ardal ddosbarthu Cymru (Caerdydd, Casnewydd, Abertawe a Wrecsam), Llywodraeth Cynulliad Cymru, y Groes Goch Brydeinig, Cyngor Ffoaduriaid Cymru, ac asiantaethau statudol a gwirfoddol eraill.

Mae'r Consortiwm yn cael cydweithrediad sawl asiantaeth i ateb anghenion amrywiol ceisiwyr lloches, gan gynnwys tai, iechyd, addysg, a rhai cymdeithasol, diwylliannol, ieithyddol a chrefyddol. Y mae hefyd yn hwyluso aneddu tymor hir i rai a gafodd ganiatâd i aros, amddiffyniad dyngarol neu statws ffoadur.

Mae'r Consortiwm a'r asiantaethau sy'n aelodau ohono'n gweithio o fewn fframwaith deddfwriaethol a gwleidyddol heriol sy'n newid yn gyflym. Rydym yn ceisio gweithio'n agos gyda ffoaduriaid a cheiswyr lloches i gynnig y croeso a'r gefnogaeth y mae eu hangen arnynt. Rydyn ni'n cydnabod eu rhinweddau arbennig, eu profiad a'u dyfalbarhad, a'r modd y maen nhw'n cyfoethogi diwylliant a chymdeithas Cymru.

The Welsh Consortium includes amongst its members: local authorities in the four dispersal areas of Wales (Cardiff, Newport, Swansea and Wrexham), the Welsh Assembly Government, the British Red Cross, the Welsh Refugee Council, and other statutory and voluntary agencies.

The Consortium takes a multi-agency approach to meeting the diverse housing, health, educational, social, cultural, linguistic and religious needs of asylum seekers, as well as to enabling longer-term settlement for those granted leave to remain, humanitarian protection or refugee status.

The Consortium and its member agencies work within a challenging and fast-changing legislative and political framework. We strive to work closely with refugees and asylum seekers to offer the welcome and support that they need. We recognise their unique qualities, their experience and resilience, and the extent to which they enrich Welsh culture and society.

LL H B
Y A O
F F O
R A K
AU N S

Cyhoeddi dielw ar ran
Grŵp Cefnogi Ceiswyr Lloches Bae Abertawe
Non-profit publishing on behalf of
Swansea Bay Asylum Seekers Support Group
www.hafan.org

Sefydlwyd **LLYFRAU HAFAN** yn 2003 gan Eric Ngalle Charles, Tom Cheesman a Sylvie Hoffmann, er mwyn rhoi agoriad yng Nghymru i greadigrwydd ffoaduriaid a cheiswyr lloches, a'u cefnogwyr; i addysgu'r cyhoedd; ac i godi arian i elusennau sy'n rhoi cymorth i ffoaduriaid a cheiswyr lloches. Gwerthodd ein teitl cyntaf, *Between a Mountain and a Sea* (2003), yn llwyr. Mae'r casgliadau *Nobody's Perfect* (2004) a *Soft Touch* (2005) yn dal ar gael, a hefyd *My Heart Blown Open Wide* (2005), cyfrol o farddoniaeth gan Martin Price.

Ewch i'n gwefan, neu cysylltwch â t.cheesman@swan.ac.uk neu 07736408064.

GRŴP CEFNOGI CEISWYR LLOCHES BAE ABERTAWE yw'r prif grŵp sy'n elwa o Lyfrau Hafan. Rydyn ni'n grŵp cwbl wirfoddol, a sefydlwyd yn 2000 yn dilyn ymdrech ffoaduriaid o Chile a chynghrair o grwpiau gwleidyddol a rhai ffydd, pan gafodd y cynllun gwasgaru ei gyhoeddi gyntaf. Rydyn ni'n cynnal dwy sesiwn alw-i-mewn wythnosol, yn cynnig cyfeillgarwch, cyngor, gwersi Saesneg anffurfiol a chymorth mewn argyfwng; a thîm pêl-droed. Caiff pob incwm dros ben ei gyfrannu i Gronfa Caledi Cyngor Ffoaduriaid Cymru i'r anghenus. Ceir mwy o wybodaeth yn

www.hafan.org

HAFAN BOOKS was established in 2003 by Eric Ngalle Charles, Tom Cheesman and Sylvie Hoffmann, in order to provide an outlet in Wales for the creativity of refugees and asylum seekers, and their supporters; to educate the public; and to raise money for charities assisting refugees and asylum seekers. Our first title, Between a Mountain and a Sea (2003), sold out. The anthologies Nobody's Perfect (2004) and Soft Touch (2005) are still available, as is My Heart Blown Open Wide (2005), poetry by Martin Price.

Visit the website, or contact *t.cheesman@swan.ac.uk* or 07736408064.

SWANSEA BAY ASYLUM SEEKERS SUPPORT GROUP is the primary beneficiary of Hafan Books. We are an all-voluntary group, established in 2000 on the initiative of Chilean refugees and an alliance of political and faith groups, when dispersal was first announced. We run two weekly drop-ins, providing friendship, advice, informal English lessons, and crisis assistance; and a football team. All surplus income is donated to the Welsh Refugee Council's Hardship Fund for the destitute. More information at *www.hafan.org*

dpia DISPLACED PEOPLE *in* ACTION
Pobl Di-le yn Gweithredu

Mae DPIA yn elusen gofrestredig sy'n rhoi cymorth i bobl ddi-le i wella'u bywyd ac i gyfrannu tuag at gymuned fywiog ffoaduriaid yng Nghymru.
Rydyn ni'n cynnig rhaglenni paratoi at waith, cynlluniau datblygu cymunedol a gweithgareddau i blant.

Am ragor o wybodaeth cysylltwch â ni ar:
029 20 388 389
e-bost: dpiawales@yahoo.co.uk
neu ysgrifennwch aton ni yn:
>   CSV House
>   Williams Way
>   Caerdydd CF10 5DY

DPIA is a registered charity helping displaced people to better their lives and to contribute to a thriving refugee community in Wales.
We operate readiness for work programmes, community development schemes, and activities for children.

For more information please contact us on:
029 20 388 389
email: dpiawales@yahoo.co.uk
or write to us at:
>   *CSV House*
>   *Williams Way*
>   *Cardiff CF10 5DY*

Asylum Justice
Cyfiawnder *Lloches*

Mae Cyfiawnder Lloches yn elusen yn y DU, a gaiff ei rhedeg yn llwyr gan wirfoddolwyr lleyg a phroffesiynol, gan roi cyngor cyfreithiol pro bono a chefnogaeth i Geiswyr Lloches a'u teuluoedd.
Rydyn ni'n cynnal sesiynau cynghori cyson yn Abertawe a Chaerdydd, ac yn fuan hefyd yng Nghasnewydd ac ym mhob cwr o'r DU.

Asylum Justice / Cyfiawnder Lloches
c/o YMCA
1 Ffordd y Brenin
Abertawe
SA1 5JQ
Ffôn: 079 1771 0571

Asylum Justice is a UK charity, run wholly by lay and professional volunteers, working to provide pro bono legal advice and support to Asylum Seekers and their families.
We hold regular advice sessions in Swansea and Cardiff, soon also in Newport and elsewhere in the UK.

Asylum Justice
c/o YMCA
1 Kingsway
Swansea
SA1 5JQ
Phone: 079 1771 0571

Cyngor Ffoaduriaid Cymru

Welsh Refugee Council

yn helpu ffoaduriaid i ailadeiladu eu bywyd

Mae Cyngor Ffoaduriaid Cymru wedi bod yn helpu ffoaduriaid i ailadeiladu eu bywyd ers 1990. Rydyn ni'n rhoi cyngor, yn cefnogi ac yn rhoi gwybodaeth i helpu ceiswyr lloches a ffoaduriaid. Rydyn ni'n gweithio gyda ffoaduriaid i adeiladu cymunedau ffyniannus o ffoaduriaid ac rydyn ni'n ymgyrchu ac yn lobïo dros hawliau ffoaduriaid yn ôl y gyfraith ddyngarol ryngwladol.

Mae Cyngor Ffoaduriaid Cymru'n dibynnu ar eich cefnogaeth i gwrdd ag anghenion ceiswyr lloches a ffoaduriaid. Am wybodaeth bellach ar faterion ffoaduriaid neu i :
-Ymaelodi
-Cyfrannu
-Gwirfoddoli gyda ffoaduriaid a cheiswyr lloches

cysylltwch â:
Cyngor Ffoaduriaid Cymru, Phoenix House, 389 Newport Road, Caerdydd CF24 1TP   Ffôn: 029 2048 9800
info@welshrefugeecouncil.org
www.welshrefugeecouncil.org

The Welsh Refugee Council has been helping refugees rebuild their lives since 1990. We advise, support and provide information to help asylum seekers and refugees. We work with refugees to build thriving refugee communities and we campaign and lobby for refugee rights as enshrined under international humanitarian law.

The Welsh Refugee Council relies on your support to meet the needs of asylum seekers and refugees. For further information on refugee issues or to:
-Become a member
-Make a donation
-Volunteer with refugees and asylum seekers

Please contact:
Welsh Refugee Council, Phoenix House, 389 Newport Road, Cardiff CF24 1TP   Tel: 029 2048 9800
info@welshrefugeecouncil.org   www.welshrefugeecouncil.org

helping refugees rebuild their lives
Elusen Gofrestredig Rhif./Reg. Charity No. 1102449

Wythnos Ffoaduriaid Cymru 2006

Mae'r Wythnos Ffoaduriaid yn rhoi llwyfan i hyrwyddo delweddau cadarnhaol o ffoaduriaid er mwyn creu diwylliant o groeso ledled y DU.

Gallwch ddangos eich cefnogaeth i **Wythnos Ffoaduriaid 2006** trwy drefnu digwyddiadau yn eich ardal leol, neu trwy ymwneud â gweithgareddau sydd eisoes yn bod.

Cysylltwch â Thîm Wythnos Ffoaduriaid Cymru ar 029 2043 2990 neu e-bostiwch info@refugeeweekwales.org i gael gwybod mwy. Ewch hefyd i **www.refugeeweek.org.uk** i gael syniadau defnyddiol. Bydd yr Wythnos Ffoaduriaid yn digwydd o'r **19eg i'r 25ain o Fehefin 2006**

Refugee Week

Refugee Week Wales 2006

Refugee Week provides a platform where positive images of refugees can be promoted in order to create a culture of welcome throughout the UK. Our ultimate aim is to create better understanding between different communities and to encourage successful integration, enabling refugees to live in safety and to continue making a valuable contribution to the UK.

You can show your support for Refugee Week 2006 by organising events in your local area, or by getting involved with existing activities. Contact the Refugee Week Wales Team on 029 20432990 or email info@refugeeweekwales.org to find out more. Also check out **www.refugeeweek.org.uk** for useful ideas.

Refugee Week will take place from **19th to 25th June 2006**